漆黒鴉学園
JET-BLACK CROW HIGH SCHOOL
3
望月べに
Beni Mochizuki

登場人物紹介
ヴィンセント・ジェン・シルベル
漆黒鴉学園《しっこくからすがくえん》の教師。
音恋の担任で純血の吸血鬼。
桃塚星司(ももづかせいじ)
漆黒鴉学園の三年生で
生徒会長。
正体は九尾の妖狐。
赤神淳(あかがみじゅん)
生徒会副会長。三年生。
吸血鬼と人間のハーフ。
姫宮桜子(ひめみやさくらこ)
この乙女ゲームのヒロイン。
天真爛漫な美少女。
同級生の音恋が大好き。
黒巣漆(くろすななな)
生徒会庶務。
学園理事長の孫。
一年生。正体は鴉天狗。
宮崎音恋(みやざきねれん)
ゲーム世界に転生した、
無表情で無頓着な高校一年生。
病弱だが芯は強い。
平穏無事な人生を送るのが目標。

笹川仁（ささがわじん）
元ハンターの
養護教諭。
竹丸の親戚。
笹川竹丸（ささがわたけまる）
学園の秘密を知る
風紀委員長。三年生。
草薙彦一（くさなぎひこいち）
学園の秘密を知る
風紀委員。二年生。
シヴァ
この世界を創造し
管理する神様。
音恋を転生させた張本人。
橙空海（だいだいくうかい）
生徒会会計。二年生。
正体は狼人間。
緑橋ルイ（みどりばしるい）
生徒会書記。一年生。
正体はメデューサ。

目　次

Contents

漆黒鴉学園3

第一章　元凶の記憶

一話　夢のような話

六月の眩《まぶ》しい日差しが昼休みの庭園に降り注《そそ》いでいる。

私、宮崎《みやざき》音恋《ねれん》は、庭園に咲く白い薔薇を夢見心地で眺めていた。

三日眠らずにいると起きたまま夢を見ると聞いたことがあるが、私は夢を見ているのだろうか。

前世にプレイしていた『漆黒鴉学園《しっこくからすがくえん》』という乙女ゲームの世界に、脇役として転生しているなんてことが、そもそも夢みたいな話だ。

しかもそれは、前世での私の生き方に感銘を受けたという神様が、私の幸せを願って与えてくれたものなのだという。おまけに、それを鴉から告げられるなんて、本当に夢みたいな話だ。

でも、夢じゃない。これは現実であって、今の私の人生だ。

私はうとうととして閉じそうになる瞼《まぶた》を大きく開く。

この間、夜の学校で真っ暗な部屋に閉じ込められて以来、不眠症気味になってしまった。

眠気は感じるのに、目をつぶった時の暗闇が怖くて眠ることができない。寝不足の頭は、今日の記憶すら曖昧《あいまい》だ。

緑橋《みどりばし》くんと図書室で会ったのは、夢？　笹川《ささがわ》先生と保健室で話したのも、サクラが泣きそうになっていたのも、夢？　今ヴィンス先生に膝枕されているのも、夢だろうか？

けれど頬を撫《な》でられる感触とヴィンス先生の甘い香りが、これは夢ではないと伝えてくる。

目を閉じれば、このまま眠れるような気がしてくる。

安堵を感じるヴィンス先生の香りが、私を眠りに誘う。誰かがそばにいれば、眠れるみたいです。

一人でいることの多かった私は、今まで独りを苦に思ったことはない。

それなのに、ここにきて誰かといる時間が多くなって、独りが怖くなってきた。

あの日。暗闇に閉じ込められた後、屋上でみんなと一緒に流星を観て、私は安堵のあまり泣いた。

皆がそばにいる、私は独りじゃないんだと実感できて涙が止まらなかった。

だけど、みんなが周りにいて安心できる場所というのは、舞台の真ん中……つまり、このゲームのヒロイン、サクラの居場所だ。

そこにいくことは、私の本意ではない。サクラの恋愛の邪魔をしてしまうし、なにより私が望む平凡な普通の人生を歩めなくなる。

神様が私のハッピーエンドをいくら望んでも、また、そうなるように神様にサポートを頼まれた黒巣《くろす》くんがいくら画策しても、無駄だ。

私にとって、サクラは憧れの人で、そばにいたい人。

この日差しのようにキラキラした優しい眩《まぶ》しさで私を温かく照らしてくれる大切な親友だ。

彼女が幸せになれるよう、私は彼女の恋を見守りたい。そのためには、私がヒロインの居場所に立つわけにはいかないのだ。

彼女の笑顔を守るためなら、たとえ寝不足になっても……

「……ヴィンス、せんせ……」

「なんでしょう？」

眠気たっぷりな声は掠《かす》れてしまったけれど、ヴィンス先生の耳には届いたらしい。私を見下ろすヴィンス先生は微笑《ほほえ》みを浮かべて、指先で私の髪と頬の輪郭を撫でる。

「……この世で最も大切な人と、自分……どちらを取りますか？」

質問までに時間がかかったけれど、ヴィンス先生は急《せ》かすことなく待ってくれた。花を愛《め》でるように優しい手付きで私の髪を撫でながら、静かに声を発する。

「最も大切な人とは、誰のことですか？」

目を開くと、穏やかな青い眼差しと目が合った。

「音恋さんにとって、その大切な人が自分より優先したいほど大切ならば、その大切な人を選べばいいのではないですか？」

優美な声が、静かに回答する。

サクラが、自分より上か下か。

どちらか……、と考えている時点できっと自分自身が最も大切なのだろう。サクラは私にとって、とても大事な親友だけれど、私は自己中心的だから……

「眠れないほど悩んでいるのは、自分とその大切な人を秤《はかり》に掛けていることについてですか？」

ヴィンス先生はそっと、私の顎《あご》の下に指先を滑らせる。

「あまり深く考えなくていいと思います。どちらにせよ、音恋さんの出した答えは、貴女自身にとって大切なものになるでしょうから」

話の途中なのに、柔らかなヴィンス先生の声が子守唄のように眠りを誘う。

私は予鈴が鳴るまで、ヴィンス先生の膝の上で束の間の眠りを堪能したのだった。

二話　保留

その頃。昼休みの生徒会室に、容姿端麗《ようしたんれい》な生徒会メンバーが召集された。

大きな窓を背に座るのは、桃色をほんのり纏《まと》うベージュ色の髪の持ち主。生徒会長で、九尾《きゅうび》の妖《よう》孤《こ》の血を継ぐ桃塚星司《ももづかせいじ》だ。彼は皆を見回しながら、口火を切った。

——宮崎音恋に〝学園の秘密〟を明かし、関係者にするか否か。

純血の吸血鬼でありながら、人間の音恋を寵愛《ちょうあい》し、彼女のそばにいるために、この学園の教師になったヴィンセント・ジェン・シルベル。彼の命を狙うハンターが存在し、そのハンターはヴィンセントを狩るためなら、手段を選ばないらしい。つまり、ヴィンセントの弱点である音恋を巻き込むことになんの躊躇《ためら》いも持たないだろう、と桃塚は告げた。

「あ、あの、ヴィンセント先生を狙うなんて……そ、そんなこと許されるのですか？」

長めの前髪で顔を隠し眼鏡をかけた男子生徒が、戸惑いでいっぱいになりながら問う。彼は生徒会書記で、メデューサの血を継ぐ緑橋ルイ。

ヴィンセントは、モンスターの中でも頂点に君臨する吸血鬼の純血種だ。

「許されないよ」

桃塚は静かに首を横に振った。

「三十年前、この学園が崩壊に追い込まれそうになった事件、知っているよね？」

「あっ……」

緑橋は言葉を失う。

漆黒鴉学園は、モンスターの血を継ぐ子ども達が人間に交じって学ぶために設立された学園。いわば人間とモンスターの共存の象徴とも言える。モンスターの存在を知る人間達は、モンスターの血を継ぐ生徒達と協力して、よりよい学園を作ろうとしてきた。

そんな学園が三十年前、崩壊の危機に直面した。

きっかけは、純血の吸血鬼であるヴィンセントが、漆黒鴉学園に通うハンター一族の娘を愛したこと。

「吸血鬼とハンター。二人が結ばれることを許さない双方の思惑のせいで、ハンター一族の娘が学園で死んだ。それにより、ここは危うく吸血鬼とハンターの戦場にされるところだった」

深紅の髪を持つ生徒が腕を組んで淡々と口にする。桃塚の斜め前の席に座る生徒会副会長――吸血鬼と人間のハーフである赤神淳《あかがみじゅん》は、続けて言う。

「三十年前は、ハンター側もこの学園をよく思っていなかったし、吸血鬼側も人間とモンスターの共存の象徴であるこの学園をなくしたいと思っていたのだろう。ヴィンセントとハンター一族の娘、東間紫《とうまゆかり》の仲は、格好の火種だったんだ」

そして悲劇は起きた。

「彼女は、ヴィンセント先生を仕留めるための囮《おとり》にされた。吸血鬼は素早い。隙をつかなくちゃ人間では勝てない。だからハンター側は人間である彼女を、囮に使ったんだ。その結果は……」

桃塚が最後まで言わなくとも、生徒会メンバーは知っている。

自分のせいで危険に晒《さら》されたヴィンセントを守るため、東間紫は自分の命を絶ったのだ。もし、ヴィンセントが命を落とせば、吸血鬼は復讐を名目に戦争を起こすだろう。そうなれば、共存の象徴であるこの学園は滅び、人間とモンスターと争いが始まってしまう。それを防いだのだ。

彼女を失ったヴィンセントは悲しみに打ちひしがれたが、争いを望まなかった彼女の意思に従いハンターへの復讐はしなかった。

「ちょっと待ってください。それとネレンに危険が及ぶことに、なんの関係が？」

一人だけ三十年前の事件と、音恋の件との関連を理解していない橙色《だいだい》の髪をした男子生徒が、困惑した表情で問う。生徒会会計で狼人間の血を継ぐ橙空海《くうかい》だ。

「亡くなった娘の属する東間一族は、娘が死んだのは、すべてヴィンセントせんせぇのせいだと恨みを抱いているんですよー」

黒髪の男子生徒が緊張感のない声で教えた。生徒会庶務で鴉天狗《からすてんぐ》の血を継ぐ黒巣漆《なな》だ。

「さっき桃塚先輩が言ったように、吸血鬼は隙でもつかなきゃ退治できませーん。だから弱点になりうる囮を使うのが、効果的」

「ネレンを囮に使うってことか？」

「だからそう言ってるんですよー、さっきから。ヴィンセントせんせぇの弱点でしょ、宮崎さんは。逆恨みに燃える東間一族のハンターなら、きっとヴィンセントせんせぇに寵愛《ちょうあい》されている宮崎さんを優しく扱ったりしないでしょうね。ヴィンセントせんせぇを狩るためなら……宮崎さんが死のうがなんとも思わない」

橙を小馬鹿にしたような表情で、黒巣ははっきりとそう告げた。

ヴィンセントは宮崎音恋のために、忌《い》むべき人間と共存するこの学園の教師になった。再び、人間を愛したのだ。

つまり宮崎音恋は、三十年前のようにヴィンセントを狩るための囮にされかねない。

ようやく理解した橙が、ガタン、と席を立つと声を上げた。

「んなハンターいるのかよ⁉」

「いるらしいですよー？　笹川せんせぇの一番弟子《でし》、現役最強のハンターさんです」

東間紫の姪《めい》だと、黒巣は教えた。

養護教諭の笹川仁《じん》は、元最強のハンター。そして今、彼の愛弟子《まなでし》である東間紫織《しおり》が最強の名を受け継いでいる。

「笹川先生の話によれば、ヴィンセントに対する恨みを親から受け継いでいて、何をするか予測できないそうだ。冷酷な面があるため、ヴィンセントを狩るためなら手段は選ばない。宮崎音恋の安全は考慮されないだろうとのことだ」

赤神が笹川仁から得たハンターの情報について話す。

駆け出しのハンターである風紀委員も、東間紫織の動向を警戒している。

「三十年前と違って、今はモンスターからもハンターからも、この学園は認められている。でも……万が一ヴィンセント先生が狩られるようなことになったら、吸血鬼側は黙ってない」

「ヴィンセントの血筋は吸血鬼の中でも高い地位にある。再び、人間との争いの火種になりかねない」

桃塚と赤神の言葉に、緑橋は愕然《がくぜん》とする。

二人はあえて口にしないが、万が一音恋が命を落とすようなことになれば、あのヴィンセントが黙っているわけがない。東間紫の時は彼女のために我慢したが、二度も愛する人を奪われて彼が復讐をしないはずがないのだ。

ヴィンセントと音恋、どちらが命を落とすことになっても、事態は最悪。

「まだそうなるとは決まってないよ」

青ざめて口を押さえた緑橋に、桃塚は優しく笑いかけた。

「まだ音恋ちゃんの存在は知られてない。知られる前に……二人を引き離そう」

幸いヴィンセントと宮崎音恋は交際しているわけではない。東間紫織に存在を知られる前に、ヴィンセントを彼女から引き離せれば、最悪の事態は防げる。

「そんなこと、できるんすか？」

橙の問いに、苦笑を漏らしながら桃塚が席を立つ。

「難しいよね、どう考えても。ヴィンセント先生は彼女から離れる気がないんだ。でもなにもないよりはずっといい。音恋ちゃんはすでにヴィンセント先生の正体を知っている。だから、僕達の秘密も彼女に明かそうと思うんだ。桜子《さくらこ》ちゃんのように、学園の秘密を明かし僕達が監視という名目でそばについて、なるべくヴィンセント先生から遠ざける。風紀委員には前もってハンターの〝彼女〟の動向を把握してもらう。万が一〝彼女〟が現れる前に二人を引き離せなかったら、なんとしても僕達が音恋ちゃんを隠し通す。音恋ちゃんのため、学園のため」

真剣な眼差しで桃塚は告げた。自分達が音恋のために、学園のためにできることをする。

そんな桃塚に、珍しく橙が反論した。

「桃塚先輩に逆らいたくないですが っ……俺は反対です！」

桃塚より背が大きいくせに、びくびくしながら橙が言った。桃塚を含めた他の生徒会メンバーは、橙からの反対に驚く。

狼人間は強さに惹かれる性質がある。だから橙は桃塚と赤神、それと生徒会顧問の城島《じょうじま》の言うことには常に従っていた。意見に反対することなど、今までなかったことだ。

「宮崎さんの安全を思うなら、風紀委員に協力してもらうこの案が最善だと思うんですけどー」

風紀委員と協力することが嫌なのかと、黒巣は橙に言う。

「協力することは別に反対じゃねぇ!!」

橙は噛みつくように返す。

「反対なのは、ネレンに秘密を明かすことです！　そりゃあ桜子みたいに監視するなら、守りやすくなるしヴィンセントから引き離す口実にもなるってことはわかります。でも……暗闇に号泣したんすよ？　いきなり俺達の正体を明かしたら、ネレンがどうなるかわかったもんじゃないすよ！」

橙は一気にまくしたてた。

先日、流星を見せるために音恋を夜の学園へ連れてきた。タイミング悪くモンスターが現れ、橙は音恋の安全のために、やむなく彼女を真っ暗な教室に押し込めた。ところが、モンスターを退治して戻ってみると、いつも冷静沈着な音恋が号泣していたのだ。それからというもの、音恋は不調が続いている。

びく、と緑橋が小さく震えた。黒巣が気付いて横目で見ると、緑橋は俯《うつむ》いている。

「あ、うん……今、音恋ちゃんは……ちゃんと、眠れていないようだね……」

桃塚は口ごもった。橙だけでなく、音恋の号泣には生徒会メンバーもこたえている。

学園の秘密を、今の彼女が受け止められるだろうか。途端に揺らぎ始めた桃塚を見て、黒巣が顔をしかめた。この中で唯一、ここがゲーム世界であることを知る黒巣は、神様のパシリとして音恋をハッピーエンドに導く役割を担っている。

「いや、大丈夫でしょう。姫宮《ひめみや》さんもいるし、秘密を共有して親友同士支えあうなら、きっと」

なんとしても音恋をゲームの当事者にしたい黒巣は、桜子の名を出して最初の議題である学園の秘密を明かす案を推す。

「ダメだ！　ネレンに秘密を明かさないで、なんとかできないんすか？」

「チッ、自分で考えてから反対しろよ」

なおも食い下がる橙に、小さく舌打ちをして黒巣はボソッと呟く。

「あん？　聞こえてんぞ、てめぇ‼」

橙と黒巣が喧嘩を始めそうになったため、赤神が橙を黙らせようとしたその時。

「おれも反対だっ！」

突然、生徒会室が開かれ、風紀委員長が部屋に入ってきた。脱色した短い髪をツンツンと撥《は》ねさせて、ピアスをたくさんつけた不良のような風貌の彼は、笹川竹丸《たけまる》。その後ろには副委員長の栗原京子《くりはらきょうこ》と、二年生の草薙彦一《くさなぎひこいち》がいた。

「ヴィンセントの正体を知っても、宮崎が深入りを望んでいないからこそ、学園の秘密を教えずにいるんだ！　それなのに、お前達の秘密まで明かすなんて、おれは反対だ！」

「……お前と意見が合う日が来るとはな」

「……奇跡だな」

そう言いながらも険悪ムードで睨《にら》み合う竹丸と橙。衝突ばかりする犬猿の仲の二人が意見を一致させるのはこれが初めてだった。

「あれ、何の集まりですかー？」

そこに響く明るい声。栗色のセミロングの髪を靡《なび》かせた美少女が、首を傾《かし》げつつ生徒会室に足を踏み入れた。宮崎音恋の親友、姫宮桜子だ。その両腕には大量のパンが抱えられている。

「もう！　食堂で待ちぼうけしちゃったじゃないですかー。お昼抜きなんてだめですよ！」

「あ、ありがとう……」

「どういたしまして！」

生徒会室の状況をまるで気にしていないような桜子は、桃塚のお礼に胸を張って明るく笑う。

「ところで、なにか問題でも起きたんですか？」

「今、宮崎さんむぐ」

「ナナ！」

黒巣がここぞとばかりに最初の議案を話そうとするが、緑橋が咄嗟《とっさ》に口を押さえて阻止した。

「？」

桜子に話したら、もちろん賛成するに決まっている。何故なら桜子は、親友の音恋に隠し事をしている状態を、ずっと嫌がっていたからだ。

「そういえば、姫宮はヴィンセント先生が吸血鬼だって知ってるの？」

「え？　知らなかった。でもそんな気がしてました」

草薙が爽やかにさらなる秘密を暴露すると、桜子はサラリと言って笑う。

その反応に、一同は呆気にとられる。そんな風に音恋もあっさり受け止めてくれるなら、こんなに揉めないのに、と桃塚は心の中で思った。反対意見がある以上、この話を進めることはできない。

「ヴィンセント先生がどうかしましたか？」

「ヴィンセント先生のこと、どう思う？」

「？　いい先生だと思います」

赤神の質問に首を傾《かし》げつつ、桜子は答えた。

「すっごくネレンを気遣ってくれるんですよ！　何かあったら相談に乗ってくれるって言ってくれたんです。ヴィンセント先生とはいつもネレンのこと話してます！　あんな生徒思いのいい先生が担任になってくれて嬉しいです！」

にこにこ、と笑う桜子。

それは音恋のことを探られているだけではないのか。数名がそう思ったが、嬉しそうな桜子にはなにも言えなかった。桜子の中で、ヴィンセントの好感度は高い。

三十年前の事件を知らない桜子にどう話したら理解してもらえるか。悩む桃塚は竹丸に視線を送る。竹丸もお手上げだ。

「で、ヴィンセント先生がなにか？」

「あ、いや……なんでもないよ」

ひとまずは保留にしよう。桃塚は橙達に視線でそう伝えた。

「あ、そうだ。桃塚先輩達に、折入《おりい》ってご相談があるんですけど……」

「ん？　なにかな？」

「ネレンに……学園の秘密を打ち明けてもいいですか？」

桜子の発言が、ちょうど今の議案と被《かぶ》って桃塚は笑みをひきつらせる。

ちょんちょん、と人差し指を合わせながら、桜子は続けた。

「なんか……よくわからないんですけど、ネレンが秘密を知ってるって言ったんです。もしかして学園の秘密かもしれないと思ったんですけど、違ってたら怖いので聞くに聞けなくて……どうしたらいいですかね？」

「あ、それは……」

「だめだ！　今ネレンは寝不足だろ？　そんな時に話すなんてだめだ！」

音恋は吸血鬼の存在を知っている。おそらく音恋の言った秘密とはそのことだろうが、桜子は音恋が吸血鬼の存在を知っていることを知らない。

桃塚が説明する前に、橙が力強く却下した。音恋の不調を言われると弱い桜子は、ハッとしたように口をつぐむ。

「俺は正体を明かす」

「えっ？」

橙と竹丸がそろって桜子に説教している中、赤神が桃塚にだけ聞こえるように耳打ちする。

「もう吸血鬼の存在は知っているんだ。俺が正体を明かしても、現状は変わらないだろう」

「え、淳？　明かしてどうするの？」

生徒会室を出て行こうとする赤神を、桃塚は慌てて引き留めた。

振り返った赤神は、ニヤリと意味ありげな笑みを浮かべる。そして何も答えず、生徒会室をあとにした。

「え、ちょ、今の笑みはなに？　なんなの淳？　よくわからないけど、今考えてること、よくないことだよね？　よくないよ！　よくないと僕は思う！」

ただならぬ予感に、桃塚は赤神を追い掛けて部屋を飛び出す。

それを見送る緑橋は浮かない顔だ。

——せっかく上手くことが運びそうだったのに、音恋を関係者にする案は止まってしまった。

黒巣は眉間にシワを寄せて部屋を見回すと、大きなため息をついた。

三話　元凶の記憶

翌日の体調は、最悪だった。

一睡もできないまま朝を迎えた私、宮崎音恋は、起きたまま夢を見ているような覚束無《おぼつかな》い感覚で身支度をする。

いくら万能薬である純血の吸血鬼の血で体調を整えても、倒れてしまいそうなくらいフラフラしていた。とにかく眠気を覚まそうとエスプレッソをストレートで飲んだけれど、イマイチ効果なし。

「音恋ちゃん、大丈夫？　休んだ方がいいよ？」

一緒に朝食をとっていた桃塚先輩が、心配そうに声をかけてきた。けれど、寮の部屋に一人きりでいることが嫌で、私は大丈夫だと伝えて学校に行く支度をするため部屋に戻った。

だけど、部屋の鏡に映った自分の顔は、病的に白い上に、くっきりと隈《くま》が浮かんでいて、我ながらひどい。桃塚先輩が心配するのもわかる。

待ち合わせ場所に現れたサクラはいつもと変わらない様子で、フラフラする私の鞄を持ってくれた。昨日、泣きそうなサクラに思わず秘密を知っていると言ってしまったけれど、何も訊かれなくてほっとした。

学校に着く頃には、体調は更に悪化して、チクチクと小さな頭痛までしていた。いよいよヴィンス先生の血ではカバーしきれなくなったらしい。

今日から本格的に体育祭の練習が始まるというのに、これでは本当に倒れてしまいそうだ。

私は額を押さえて、自分の席でじっと苦痛に耐えた。

昼休みになれば、ヴィンス先生の血の入ったお弁当がある。それを食べれば、幾分か体調も楽になると思う。けれど、それまで持ちそうにない。せめて少しでも仮眠ができればいいけれど。

「音恋さん。保健室へ……私が運びましょう」

声をかけられて顔を上げれば、いつの間にか目の前にヴィンス先生がいた。ヴィンス先生は心配そうに青い瞳を私に向けている。その直後、身体がふわっと浮いた。またお姫様抱っこされたみたいです。

ヴィンス先生は、クラスメイト達に何か伝えると私を抱えて教室を出た。

これがいけないのに、私を包む甘い香りに安心してしまう。ヴィンス先生が上手《うわて》なのか、それとも私が隙だらけなのか。

近くに入り込まれてしまう。こうやってそばに誰かの存在を感じてしまうから、独りが苦になってしまうんだ。わかっているのに。わかっているのに、私は縋《すが》るようにヴィンス先生のスーツを握り締めてしまう。

ああ……どうすれば以前の私に戻れるのですか？

どうすれば、あの闇の恐怖を忘れられるのでしょう？

解決方法がわからないまま、私は束の間の眠りに落ちた。


久し振りに眠れたと思う。夢も見た。

あれは、確かに自分。前世の私が、病室のベッドの上にいた。

私はゲームをしている。ぼやけてはっきりしないけれど、大好きだった乙女ゲームの『漆黒鴉学園』をプレイしているようだ。

ああ、これは前世の最後の記憶だ。そう気付いた。なかなか退院できず、病室にこもりっきりで、ゲームだけが唯一の楽しみだった。

最後は誰のルートだっけ？　思い出そうとしたら、何かが喉に込み上げてきた。

堪《こら》えきれず吐き出すと——深紅の血。例えようのない気持ち悪さに襲われて倒れてしまう。

バグが起きたみたいに、視界が次第に黒に染まっていく。

じわじわと黒色に侵食されて、やがて真っ黒になった。

そこで、私は死んだ。

死んでもずっと、黒一色だった。闇の中だった。

ずっと、ずっと。

何も見えない。何も見えない。何も見えない。

ここには何もないから、見えない。

声を上げても、自分の声が聞こえない。

自分の手の先も、見えない。自分の存在自体、感じられない。

無に等しい闇の中で、怖くてしょうがなかった。

永遠とも思える長い時間、私は独りきりだった。

もがきたくても、身体がないからもがけない。自分の存在を示したくても、声も出ない。

ここは無だ。何もない。私の意識があるはずなのに、何もない。ただの闇しかない。

このまま闇に呑まれる。消えてしまう。

誰か、誰か。

そう叫ぶ。でも誰からも返事なんてこない。誰にも届かない。私は独りきりだ。

このまま、消えてしまう。消えてしまう。

お願い。誰か、誰か。私をここから出して。

私を助けて。助けて。助けて。

私を消さないで。

私はここにいる。ここにいる。誰か、誰か、誰か。

私はここにいる。

声が出なくても、叫び続けた。何度も何度も、ずっと泣きながら叫び続けた。

どれぐらいの時間が過ぎたかわからない。

ここには時間すら無いのかもしれない。

だが突如、辺り一面の闇が光に覆われる。

眩《まばゆ》いばかりの真っ白な空間。果てしなく続く白い世界。

私の目の前には――

四話　元凶の記憶　～ヴィンセント～

その日の音恋さんは、とても辛そうに見えた。あまり眠れていないようで、目の下の隈《くま》が痛々しい。今日から体育祭の練習が始まる。それじゃなくても苦手な体育だというのに、この様子では間違いなく倒れてしまうだろう。

「音恋さん。保健室へ……私が運びましょう」

とうとう机に突っ伏《つぷ》してしまった彼女の前に立ち、そう声をかける。

一体なにが、彼女をここまで追い詰めているのだろうか。青白い顔でぼんやり見上げてくる音恋さんは、とても自分の足で歩けそうにない。

そう判断した私は、音恋さんの身体を持ち上げた。クラス委員に後を任せて、保健室に向かう。

すると、辛そうに息を吐く音恋さんが、私のスーツを握り締めながら肩に凭《もた》れてきた。

熱い息が、私の首にかかる。音恋さんは私の腕の中で寝息を立て始めた。

保健室に着くなり、養護教諭の笹川先生が顔をしかめる。

「………あちゃー」

「午後まで寝かせてあげてください」

「お安いご用だ」

音恋さんをベッドに下ろしてから、スーツを握り締める彼女の手をそっと外す。

すると、その小さな手が私の右手を掴んだ。弱々しくも、私の手を握り締める。

離れてほしくない。そんな意思表示に笑みが溢《あふ》れてしまう。

どうやら、一人になりたくないようですね。

あとで、姫宮さんに添い寝を頼んでおこう。誰かが一緒にいれば、不眠も解消されるはず。

「……授業、出ろよ」

「……」

音恋さんと繋いだ手をじっと凝視しながら、笹川先生が言う。返答に迷った。

この手を放してしまえば、音恋さんは目を覚ましてしまうかもしれない。だからと言って、代わりに笹川先生の手を握らせたくはない。このまま音恋さんのそばにいたい。

「ちゃんと授業をやってくださいよ？　ヴィンセントせんせ」

「大事な生徒は、彼女だけです」

「……はっきり言うな」

事実だ。教師など、彼女のそばにいるための口実。

しかし、いい加減にこなしていれば、音恋さんに失望されてしまう。仕方なく、小さくて冷たい手を外す。すると、今度は袖を握り締められた。何かを握り締めるだけで音恋さんが安心して眠れるならと、上着を脱いで掛け布団の上に置く。

「んっ」

音恋さんは寝返りを打つと、きゅっとスーツを握り締めて深い息を吐いた。

どうやら大丈夫そうだ。微笑《ほほえ》みを零《こぼ》して音恋さんの頭を撫《な》でる。名残惜《なごり》しいが、そばを離れる。

笹川先生は、机に寄りかかり神妙な顔付きで私を見ていた。そんな彼に、去り際よろしくと伝えて授業に向かう。

三限目までは授業を行《おこな》ったが、四限目は自習を言い渡して保健室に戻った。

笹川先生の話によれば、音恋さんはぐっすり眠っていたらしい。

カーテンを開き、音恋さんのもとに歩み寄る。規則正しい寝息と健《すこ》やかな寝顔に安堵した。

音恋さんを苦しめている不眠の種。それが一体何なのかはわからないが、記憶を覗けばわかる。

闇の中、震えて涙を流していたことと関係があるはずだ。その理由を突き止めて、取り除く。

「音恋さん。貴女の記憶を少し覗かせていただきますね」

音恋さんの額に唇を近付けてそっと囁く。

前髪を左手で退《ど》かして、露《あら》わになった彼女の額に手を置いた。音恋さんの意識に入り込み、彼女の不眠の原因を探る。眠れなくなるほどのトラウマがあったのか、音恋さんも覚えていない幼い記憶から覗いていった。しかし、特段、彼女が恐怖するような記憶は見当たらない。

そこで、彼女が最も恐怖した記憶を引っ張り出す。しかし、それをすると、音恋さんもその記憶を見ることになるため、急いで終わらせなくてはならない。

出てきた記憶は、だいぶ奥に在ったもの。

その映像は、ずいぶんと朧気《おぼろげ》なものだった。本人が明確に記憶していなくとも、自分には鮮明に見えるはずだ。それなのにぼやけているのを妙に思った。

朧気ながらも認識できたのは病室の中。ベッドの上に少女がいた。少女の顔はぼやけていて見えない。黒い髪は短く、細くやつれた手には、ゲーム機が握られていた。その少女の雰囲気は、どことなく音恋さんに似ていた。

否、彼女は音恋さんだ。

これは音恋さんの記憶。中心にいるのは記憶を持つ本人以外にありえない。少女が音恋さんでなくてはおかしい。

しかし、この少女の年齢は音恋さんとあまり変わらないように見える。これは今からだいぶ遠い記憶だというのに。

一体この記憶は、なんだ？

見ているとふいに少女が吐血して倒れた。映像がじわじわと隅から黒く染まっていく。

やがて、すべてが黒一色に呑みこまれて消えた。そして真っ黒な映像が続く。

私は一度、音恋さんの意識から離れて、目を開いた。

音恋さんは魘《うな》されているのか、眉間にシワを寄せて呼吸を乱している。

やはり今のは彼女の記憶に間違いない。不可解に思いつつ、もう一度、その記憶を覗いた。

まだ黒一色の映像が続いている。まるで時間の流れがわからない。

一分か、十分か、一時間か、一日か、一ヶ月か、それとも一年。どれほどの時間が経ったのかわからない。闇の中、音恋さんの姿は見えなかった。彼女の記憶なのに、彼女がいない。しかし気配は感じる。ひしひしと彼女の恐怖が伝わってくる。

この記憶こそ、彼女が暗闇で泣いた原因。彼女の不眠の原因だと確信した。

しかし、この記憶は、なんだ?

その疑問の答えは、すぐに出た。

一瞬で映像が白一色に変わったかと思えば、ボッと炎が燃え上がる音がする。巨大な金色の輪に幾つもの炎が灯っていた。

その輪の中心に、巨大なコブラ——いや、頭がコブラに似た、ドラゴンのような巨大な生物がいた。

かつてノルウェーで十メートルほどのトロールを見掛けたことがあるが、映像の中の生物はそれ以上に大きかった。

異形のモンスターと呼ぶには、あまりにも神々しい雰囲気。翼を含めた全身は青黒く、長く伸びた首は青い。目は額にも一つあり、計三つ。その目はある一点に向けられていた。

視線の先に音恋さんを感じた。姿は見えない。それでもそこにいるとわかる。

——まさか。

今と姿が異なる音恋さん。血を吐いて倒れた後の闇。そしてこの白い空間と神々しい生物。

私の中で、一つの可能性が出た。

「君は誤った選択をしてしまった」

その時、突然背後から青年のものらしき声がした。しかし、何の気配も感じない。

「あーあ、怒らせてしまったよ？　君には期待していたのに、とても残念だ」

振り返った。遥か彼方《かなた》まで続く白い地平線。そのどこにも声の主の姿はない。

「早く仲直りした方がいい。さもないと彼女が……苦しむことになる」

直接、私に向けられた言葉。ここに私以外の存在が紛れ込んでいる。

私は音恋さんの意識から離れて、目を開いた。

その瞬間、柔らかい感触が顔に当たった。その正体は、枕。投げ付けられたそれは、私の足元に落ちた。

「……音恋さん」

ベッドに起き上がった音恋さんが、肩を激しく上下に揺らして苦しそうに呼吸をしている。

名前を呼ぶと俯《うつむ》いていた顔を上げた。その顔に、胸がチクリと痛む。彼女の瞳からは、とめどなく雫《しずく》が流れ落ちていく。その瞳が、きつく私を睨《にら》んだ。

「なんでっ……勝手に、記憶を……」

「……すみません、音恋さん」

絞り出すようなか細い声が震える唇から出る。

「……なんで、あなたは……そうなんですか……。なんで、許可なくずかずかと……私の心に入ってくるのですか……」

彼女の顔を覆う小さな手から、涙が落ちていく。

その涙を拭《ぬぐ》おうと手を伸ばしたら、その手を音恋さんに振り払われた。

「触らないでっ……！」

彼女の拒絶が、胸に突き刺さる。

音恋さんはベッドから降りたが、よろけてベッドに両手をついた。支えたくても、もう一度手を伸ばすことに躊躇《ちゅうちょ》してしまう。

「……思い出すべきじゃなかったのに……なのに……」

なぜか、俯《うつむ》いた彼女がこのまま消えてしまいそうに思えて、私はもう一度手を伸ばした。

しかし、それが届く前。

「これ以上っ……私に近付かないでください！」

音恋さんはクリーム色のカーテンを振り払うと、保健室から飛び出して行ってしまった。

「おい？　一体なにしたんだよ？」

「……………」

尋常でない音恋さんの様子に、笹川先生が戸惑ったようにドアと私を交互に見ながら問う。

思い出すべきでない記憶。あれは――音恋さんの前世の記憶。

「……前世など、お伽噺《とぎばなし》だと」

「は？」

私はそれほど多くの人間の意識を覗いたわけではないが、生まれる以前の記憶を持ち合わせていた人間はいなかった。他の吸血鬼からも、前世の記憶を持つ人間に会ったという話は聞いたことがない。

輪廻《りんね》や前世などというものは、存在しないものだと認識していた。

だがそれは、誤った認識だったようだ。あれは間違いなく、音恋さんの死後の記憶だ。

「……誰か、私達の他に保健室を訪れた者はいませんでしたか？」

「誰も来ていないぞ。それより音恋ちゃんを追わなくていいのか？　泣いていたように見えたが……」

今の映像が、他の吸血鬼の見せた幻覚という可能性はない。引退したとはいえ、最強のハンターと名を馳《は》せたこの男の腕は今も衰えてはいない。他の吸血鬼の侵入に気が付かないわけがないのだ。

私も気付かないわけがない。

気配のない生き物はいない。

呼吸をすればその音が聞こえるし、生きている以上、心臓の鼓動が聞こえるはずだ。

音もなく気配もなく形跡もなく、音恋さんの記憶に入り込んだ謎の声。

一体、何者なんだ？

「おめーが追わないなら、俺が」

笹川先生が動くより先に保健室を飛び出し、音恋さんの匂いを辿《たど》った。

あの神々しい三つ目の異形な生き物は、神と呼ぶべき存在。

――さもないと彼女が……苦しむことになる。

それを告げたのは、神の声とでも言うのか。

五話　接近禁止

どうして暗闇が怖いのか。どうして独りが嫌なのか。わかった。わかってしまった。

奥底にしまわれていたあの記憶が、無意識に影響していたんだ。

記憶の中の、神々しいドラゴンのような姿をしたもの。あれがシヴァ。この世界の創造主で、私をここに転生させた神様だ。

ヴィンス先生が記憶を覗いたせいで、前世の、死んだ後の記憶を鮮明に思い出してしまった。人の記憶を覗くなど、なんて迷惑な能力なのだろう。

ふつふつと湧き上がる怒りと、あの暗闇の中にいた時の恐怖で思考はぐちゃぐちゃ。ちゃんと呼吸がしたくて、私は階段を駆け上がる。屋上に行けば、逃げ切れる気がした。解放されるような気がした。

流れる涙を震える手で拭《ぬぐ》いながら、私はただ屋上を目指す。

屋上の重たい扉を押し開け、眩《まぶ》しい光を全身に浴びる。私は少し冷たく感じる空気を胸一杯に吸い込んで、大きく深呼吸した。

逃げ切れたような気がする。でも実際は、何からも逃げられていない。

その場で立ち尽くしていると、声をかけられた。

「宮崎？　どう……っした⁉」

フェンスのそばに、生徒が数人いる。その中には顔見知りの風紀委員達がいた。彼らの手元にお弁当やパンがあるところを見ると、昼食中らしい。

彼らの他に、生徒はいない。よく見れば、屋上の半分をブルーシートが覆っていた。金曜日の夜、流星を見た時に敷いていたものかと思ったけれど違うようだ。

風で捲《めく》れたブルーシートの下には、抉《えぐ》れたコンクリートが見えた。ブルーシートは、その破損を隠すためだったらしく、慌てた様子の笹川先輩がスライディングして捲れたブルーシートを元に戻した。

「屋上は今使用禁止だぞ？」

「……すみません。知りませんでした。昨日も今日も、ホームルームに出ていなかったので」

使用禁止の屋上を生徒が使わないように、風紀委員が見張りを兼ねて昼食中なのですね。理解しました。

その時、フッ、と背後に風を感じた気がした。振り返らずとも誰がいるのか予想はつく。私は急いで笹川先輩のもとに駆け寄り、彼の背中に隠れた。扉のところには、予想通りヴィンス先生が立っていた。

「どうしたんだよ？　宮崎」

爽やかな笑みを浮かべながら、草薙先輩が顔を覗いてきた。私は笹川先輩を盾にしたまま黙り込む。

今、ヴィンス先生とは口をききたくない。彼は二度も無断で私の記憶を覗いた。おまけに今回は、絶対に思い出したくなかった前世の記憶を引き出された。

シヴァ様登場シーンには、さぞかし困惑したことだろう。でも聞かれたところで答えるつもりはないし、答えられない。なにより、死の記憶が甦《よみがえ》った私の方が混乱している。

扉のところに立ったまま、ヴィンス先生は近付こうとはしなかった。ただ、私に悲しげな眼差しを向けるだけ。そんな目で見ても許しません。笹川先輩の背に隠れて、私はその眼差しを避けた。

「……草薙君。少し話があります」

一分ほどの沈黙の後、ヴィンス先生は、私の隣に立つ草薙先輩に声をかけた。

急に指名された草薙先輩は、少し困った顔をしつつ笹川先輩と視線を交わす。そして、苦笑を浮かべながらヴィンス先生のもとにいき、二人揃って屋上を出て行った。

「……一体何があったんだ?」

「話したくありません」

笹川先輩が顔だけ振り返り、私に険しい表情で問う。私が事情を話さないことで、想像を膨らませてしまったらしく、笹川先輩の表情が更に険しくなる。私をフェンスの側まで連れていくとそこに座らせた。

「いいか、宮崎。お前は悪くないぞ。悪いのはあっちだ。話してもいいんだぞ。早く吐くんだ!

おれが狩るっ！」

「竹ちゃん、落ち着いて。決め付けてはだめ」

私の二の腕を握り締めて問い詰める笹川先輩の頭を、ぺしりと掌で叩くのはポニーテールの栗原先輩。ゲームでも冷静な栗原先輩は、突っ走りやすい笹川先輩のストッパー役だった。

「笹川先輩が想像しているようなことはされていません」

何を想像したかは知りませんが。

「ただの……ちょっとした揉め事ですので」

「宮崎さん、無理に話さなくてもいいわ。彦一くんを見てくる」

何があったか問い詰めたくてしょうがない様子の笹川先輩は、栗原先輩に止められてぐっと堪《こら》えている。栗原先輩は、吸血鬼に連れていかれた草薙先輩の様子を見に向かおうとしたけれど、一度足を止めて笹川先輩を振り返る。

「竹ちゃん」

「ん？」

「大好き」

「…………………っ!?」

栗原先輩はそのまま言い逃げ。瞬《まばた》き二つで理解した笹川先輩の顔が爆発したみたいに一瞬で真っ赤になる。

「だからっ……！　お前それやめっ……！」

しどろもどろになって言っても既に栗原先輩の姿は屋上にない。クスクスと他の風紀委員達が笑う。ゲームでも笹川先輩に想いを寄せる栗原先輩のこのアプローチは人気で、私も好きだった。目の前で見ても可愛らしくって、少し和《なご》むことができた私は肩の力が抜けた。

「そ、それで、宮崎。体調は落ち着いたのか？」

笑うな、と後輩達を一睨《にら》みすると、真っ赤な顔のまま笹川先輩は話題を変える。今のやり取りには触れてほしくないようです。

「ホームルームからずっと保健室で眠っていました」

「そうか。それならよかった。一年は午後に体育があるだろ？　出られそうか？」

「はい、大丈夫です」

屋上まで走って来られたから、体育もやれるはず。ヴィンス先生の血を摂取していなくとも、たぶん。……いや、どうでしょうか。答えたあとに自信がなくなる。それが顔に出たのか、笹川先輩の顔が途端に心配そうになる。

「宮崎ー、差し入れ」

そこに草薙先輩と栗原先輩が戻ってきた。草薙先輩の手には、見覚えのある青チェックのナプキンで包まれたお弁当箱。

ヴィンス先生はこれを渡すために草薙先輩を呼んだようです。

「あの、受け取れません」

私の前まで来て座った草薙先輩が、持っていた弁当箱を開ける。

「だーめ。これを食べさせるように言いつかってんの。はい、あーん」

ヴィンス先生のものはもう受け取りたくない。受け取り拒否をしたけれど、草薙先輩は赤いタコさんウィンナーを箸《はし》で持ち上げると、有無を言わさず私の口に押し込んだ。口に入ってしまったのなら仕方がない。呑み込めるようにもぐもぐ噛むと、草薙先輩は満足げな笑みを浮かべた。

「あはは、宮崎はなんか小動物みたいで可愛いな。もー一回、あーん」

「……私もあげたい」

隣でじっと見ていた栗原先輩がそんなことを言い出す。

「彦一センパーイ、俺もやりたいです」と一年生の風紀委員。

「お、おれも！」と笹川先輩も言い出した。

黒の腕章をつけた風紀委員に、私はたちまち取り囲まれました。

「おい草薙、俺もあげるべ！」

「だめ。あとはおれが食べさせてあげるの！」

「彦一くん、私もっとあげたい」

「京子先輩はさっきやったじゃないですかー」

小動物の餌やりよろしく私は草薙先輩を中心に風紀委員の面々にお弁当を食べさせてもらうことになりました。

その間、無頓着な私は現実逃避気分で、死んだあとの記憶について考える。

あの暗闇は、死後の世界だろうか。

前世の記憶が私の現世に影響しているのは、きっと前世の記憶を閉じ込める蓋を意図的に開けられているからでしょう。

それにしても……、と死んだ時のことを冷静に思う。ずいぶんと呆気なく死んだものだ。

そういえば、最期の時、誰のルートをやっていたっけ？

私は死の間際まで、この漆黒鴉学園を舞台にしたゲームをプレイしていた。

あの映像では、攻略相手が誰だったかわからない。

画面に映っていたシーンは、ちょうど夏休みのイベントだった。あのゲームの中で、私が一番、好きなシーンだ。誰のルートでも、夏休みのあのイベントが一番好き。そのイベントをやれていたのだから、きっと私の最期は幸せだったはずだ。

それなのに、なんで神様はゲームの世界に転生させるなんて、余計なことを……

「宮崎。明日も一緒に食べるか？」

「え？」

「ヴィンセント先生がそうしろって」

草薙先輩の言葉に驚く。

私との昼休みの時間を大事にしていた彼は、私の怒りが収まるまで身を引くことにしたのでしょうか。それで私の許しを得ようとするなんて……ひどい。許せるわけがない。

これ以上は近付いてほしくない。このまま離れるならそれでいい。もう離れてほしいんだ。

私はもう一度――独りに慣れればいい。

草薙先輩が私の顔を見ているから、この胸の中で喚《わめ》いている感情が表情に出ないように心掛ける。

楽しそうに会話する風紀委員達に食べさせてもらいながら、私はお弁当を完食した。

「ちょっとこれ返しに行ってくらぁ」

弁当箱は草薙先輩が返しにいくと言ってくれたので、もう作らないでくださいと伝言も頼んだ。

一年生の風紀委員が「草薙勇者」とボソリ呟いた。ヴィンセント先生との接触は風紀委員の中では、とてもハードルが高いものらしい。

五限目の体育に間に合うように、私は早めに教室に戻ることにした。

栗原先輩と笹川先輩が途中まで送ってくれた。

「宮崎。何かあったら遠慮なく、俺や京子を頼れよ」

別れる際にかけられた言葉に、深々と頭を下げる。二人は三年の教室に向かい、私はもう一階下にある一年の教室に戻るために階段を下りた。そこで気づく。風紀委員達は誰も指摘しなかったけれど、私の顔はひどいことになっていないだろうか。泣いた跡があると、サクラに心配をかけてしまう。

私は慌てて、ごしごしと制服の袖で顔を擦《こす》った。

ズル。

うっかり両目を擦ったものだから、足元が見えず階段を踏み外してしまった。

あ、落ちる。

なるべく軽傷に抑えようと、前に手を出したら、目の前に男子生徒の制服があった。

相手の顔を確認できないまま、押し倒すような形で階段を落ちる。

ドタン。

以前階段から落ちた時より大きな音が響く。なのに感じるはずの痛みがなかった。不思議に思って目を開けると、私は下になった男子生徒に抱き締められるように受け止められていた。つまり、私が受けるはずだった痛みは、すべて彼が受けてしまったことになる。

私は慌てて起き上がり、下敷きにしてしまった男子生徒の安否を確かめる。そこで、彼の腕にある白い腕章が目に入った。

「俺の電話を散々無視しておいて……」

聞こえてきた声に、びくりと固まる。これは、紛れもないあの人の声。絶対に耳元で聞かないようにと、気を付けていた危険な声の持ち主。

「俺の胸に飛び込んでくるなんて、積極的だな。……音恋」

意味ありげな微笑《ほほえ》みを浮かべた、深紅の髪の容姿端麗《ようしたんれい》な副生徒会長、赤神淳先輩が私の下にいた。

思った以上にがっしりした胸板についた手を退けて、すぐさま逃げようとした。けれど、赤神先輩はそれより早く身を起こし、私の両肩を掴んで私が逃げるのを阻止した。

「先輩からの電話を無視するなんて、失礼だと思わないのか？　昨日は三回も掛けたのだが？」

「昨日ですか……？　すみません、昨日は一度も携帯電話を見なかったので」

昨日電話が掛かってきた記憶はない。携帯電話を見た記憶もない。素直に謝ると、スッと赤神先輩が目を細めた。

「土曜日は、わざと切っただろう？」

「……すみません」

わざと切りました、はい。怒られることを覚悟したけれど。

「そんなに俺の声に、弱いのかい？」

微笑を浮かべた赤神先輩が、私の顎《あご》を掴んで顔を上げさせた。

確かに私は、前世から赤神先輩の声に弱い。だけど、はい弱いです、とは口に出したくない。

それよりも、階段下で座っている赤神先輩の膝の上にいるこの体勢はとてもまずい。昼休みがもうすぐ終わる時間。この階段は教室に戻る二年生や三年生が行き交う場所だ。もしこんなところを赤神ファンに見付かったら、またもやリンチ確定です。

「それより、赤神先輩。お怪我はありませんか？　保健室で診てもらった方がいいと思います」

「お礼を言うのが先じゃないのか？　音恋」

「受け止めてくださりありがとうございます」

「心がこもっていない」

「……申し訳ありません、今機嫌が悪いので」

「後輩に電話を無視されている俺よりも？」

謝って立ち上がろうとしたのだけれど、また阻止される。

機嫌悪いです。貴方は記憶を無断で覗かれたことありますか？　死の記憶を甦《よみがえ》らせられたことがありますか？　後輩ごときに電話を無視されたこととなんて比べ物になりません。

さっきの怒りがふつふつとぶり返してきた。私は赤神先輩にそれをぶつけないようにぐっと堪《こら》える。そうして私が眉間にシワを寄せると、その反応が気に入ったのか赤神先輩は楽しげな笑みを浮かべた。

「俺の声でその機嫌、直してやろうか?」

「遠慮します」

直るのは、貴方の機嫌でしょう。弱みを攻めていたぶって、楽しみたいだけだということはわかっています。

「また囁いてやる」

「お断りします」

「えん」

「遠慮します」

「そう言」

「放してください」

「……」

私の機嫌は悪いのです。それを態度で示すと、赤神先輩は顔をしかめた。

さぁ、もう放してください。赤神先輩を見据えていると。

「音恋――んっ!」

赤神先輩は、狙ったように私の一番弱い囁きボイスを出してきたので、両手でその口を塞《ふさ》いだ。

私に口を塞がれた赤神先輩は、目を丸めたあと、眉間にシワを寄せた。

また声攻めを受けるつもりはありません。

「もう放してください。授業に遅れてしまいます」

もう一度強く言っても、赤神先輩は私から手を放そうとしない。

暗いブラウンの瞳で私を不機嫌に見つめている。数秒後、赤神先輩は呆れたようにため息を吐いた。その息がかかった手がちょっとむず痒《がゆ》い。

赤神先輩は私の左肩を押さえていた右手を、私の頭に置いた。それから、大きな掌で、髪を整えるように撫《な》でてくる。黙って私の頭を撫でる赤神先輩。意味がわからない。その意図がわからない。

何故赤神先輩は、私の頭を撫でているのでしょうか。

「…………」

ただ黙って私を見つめながら頭を撫でてくる赤神先輩に違和感を抱く。赤神先輩に優しい手つきで頭を撫でられるのが、とっても変な感じ。

そのせいか、どうしてだか、胸が苦しくなって、視界が霞《かす》んだ。優しい掌に、泣きそうになってしまう。泣いたばかりだというのに、どうして最近はこうもすぐ涙が出てしまうのだろう。目の前にいる赤神先輩に、情けない顔を見られないように俯《うつむ》いた次の瞬間。

「ん」

赤神先輩が顔を近付けた。その距離零《ゼロ》。

お互いの鼻先が触れている。赤神先輩の口を押さえる私の両手がなければ、唇が触れていた。何故なら自分の手の甲が唇に触れているから。

深紅の髪が私の顔にかかるほどの近距離で、赤神先輩のぎらついた瞳が見つめていた。

見覚えのある熱のこもった眼差しは、まるで獲物を捉えようとしているみたい。

その獲物は――私だ。

六話　涙目　～赤神淳～

食堂で昼食を済ませ、昼休みが終わる前に教室へ戻ろうとした時だった。

階段の上から女子生徒が降ってきた。

咄嗟《とっさ》に受け止めたはいいが、踏み留まれず背中から落ちた。とはいえ、モンスターの俺に大した痛みはない。

だが人間である彼女だったら怪我をしていたところだろう。胸を擽《くすぐ》る彼女の甘い匂いが辺りに散らばる。それを吸い込みながら、俺は起き上がって彼女を捕らえた。

「俺の電話を散々無視しておいて、俺の胸に飛び込んでくるなんて、積極的だな？　……音恋」

そう言うと、彼女は俺の胸を押し退《の》けて逃げようとした。が、無力な人間の音恋が俺を振り払えるわけもなく、そのまま膝の上に留まる。

昨日は吸血鬼である俺の正体を明かそうと、呼び出しの電話をかけた。それなのに、彼女は一度も電話に出なかったのだ。しかし、音恋の様子からして、本当に電話に気付いてなかったようだから、昨日のことは許してやる。

「土曜日は、わざと切っただろう？」

「……すみません」

言えば彼女はすんなり謝罪する。

「そんなに俺の声に、弱いのかい？」

微笑を浮かべ、顎《あご》を掴んで上向かせた彼女に問う。

彼女が俺の電話に出ないのは、俺の声に弱いからだともう知っている。

俺の電話を無視し続けた、その仕返しを今してやろう。

察しのいい音恋は、仕返しされる前に謝って逃げようとした。もちろん、逃がさない。

今日の音恋はやけに不機嫌だ。だが、眉間にシワを寄せて唇を突きだしている顔は、可愛いとしか思えず笑ってしまう。

「俺の声でその機嫌、直してやろうか？」

と言ったら、音恋は即座に断った。

どうやら相当機嫌が悪いらしい。警戒心剥《む》き出しで、猫が毛を逆立てているみたいだ。目の下に隈《くま》があるせいか、弱みを見せまいと無理をしているようにも見えた。

その強がりも、俺が囁けば簡単に緩《ゆる》むはず。そう思って、低く囁くように音恋の名前を呼んだ瞬間、白くて小さな手で口を塞《ふさ》がれた。

驚いて目を丸める。一体なんなんだ。

彼女はいつもの無表情ではなく、感情を露《あら》わにして拒絶してくる。

一体何が、彼女をここまで怒らせているのだろうか。どこか八つ当たりのようにも感じる。

この不機嫌はあの夜、彼女が泣いた理由と関係しているのだろうか？

あの時、ヴィンセントがいなければ、俺が涙を流す音恋を抱き締めていた。声を押し殺して泣く音恋を、ヴィンセントが愛おしそうに見つめて頭を撫《な》でていた光景を思い出す。それだけで苛立ちが込み上げる。だがここにヴィンセントはいない。

音恋をきつく抱き締めたい衝動を抑えながら息を吐き出す。

俺の口を塞ぐこの小さな手を外すことは簡単だ。音恋の機嫌を直すため、彼女の好きなこの声で、いくらでも囁いてやる。しかし彼女がそれを望んでいないのなら、他の手を使って彼女を慰めるしかない。

音恋の左肩を押さえていた右手を、彼女の頭に置く。彼女が以前、俺にしたように、ゆっくりと頭を撫でた。長い髪を整えるように、そっと手を動かす。

昨日笹川先生が「女の子は頭を撫でられるのが好きなんだ。女の子を落としたい時は、優しさと包容力で――」とやけに上機嫌に長々と語っていた。

だが、この行為の目的は、落とすとかそういうものではない。ただ音恋を慰めているだけ。

音恋がこんな行為で落ちるほど、簡単な女の子じゃないことぐらい理解している。

あの時、どうしようもない俺の苛立ちが拭《ぬぐ》われたように、彼女の苛立ちを拭うことができればそれでよかった。ついでに彼女の額から香るヴィンセントのマーキングを掻き消すためでもある。まるで自分のものだと主張するかのような、ヴィンセントの匂いに苛立ちを覚えた。

だが――その行為は思ったより効いたらしい。

音恋の表情が変わる。大きな黒い瞳が涙で潤んできた。俺がそうだったように、言葉なき慰めが心に響いたのだろうか。その今にも泣いてしまいそうな顔を見て、抑えたはずの衝動に身体が突き動かされた。

「ん」

音恋の唇を奪おうと顔を近付ける。しかし、俺の口を塞《ふさ》ぐ両手のせいで叶わなかった。彼女の唇に触れられない。

「あ、赤神……先輩？」

驚きに目を見開いた音恋が俺を押し退《の》けて、警戒しながら問うてくる。

音恋のドクドクと乱れた心音が聞こえた。白く細い首で熱い血が脈打つ音がする。

無防備過ぎる彼女が俺の胸を擽《くすぐ》り誘惑してくる。

ああ、食べてしまいたい。

湧き上がる欲望で牙が疼《うず》く。噛み付いてしまわないように堪《こら》えながら、音恋の両手を外した。

「音恋、大事な話をするから……よおく聞け」

彼女の耳に唇を近付けて囁く。

それがいけなかった。彼女の白い首に、噛み付きたくなる。俺の声を聞いて頬を赤らめるその顔が、俺を煽《あお》っていることに気付いていない。

「音恋。俺は――」

吸血鬼だ。

ヴィンセントのように、俺の正体も受け入れてもらう。そして、ヴィンセントに代わって俺がそばで彼女を守る。そのためのカミングアウト。

音恋の香りを吸い込んで、息を吐く。彼女が身体を強張《こわば》らせた。

吸血鬼であることを免罪符にして、この白い肌に舌を這《は》わせたい。

それくらいなら許されるだろう。舐めるだけだ。

しかし、突然目の前から音恋を奪われてしまう。

彼女を持ち上げて俺から取り上げたのは、星司だった。

「何してるんだよ!? 淳!」

俺が音恋に噛み付くとでも思ったのか、星司は珍しく激怒していた。

だがすぐに「……て、音恋ちゃん軽っ!?」と意識が音恋に向く。星司は抱き上げていた音恋を階段の上に降ろす。音恋の頬の赤みは、引いていた。

「邪魔をするなよ、星司」

「一体何しようとしていたの……!」

あと少しで音恋にカミングアウトができた。だが、今のは少し暴走しかけていたかもしれない。

じと、と責めるように星司が俺を睨《にら》み、音恋を守るように両手を広げる。

俺が音恋に正体をカミングアウトすることを反対している星司は、ただの心配性だ。

「失礼します、先輩方。授業に遅れてしまうので、教室に戻りますね」

音恋は心配性の星司の腕を避けて階段から降りた。その顔は、いつもの無表情に戻っている。

「音恋」

俺の前を横切って行こうとする音恋を呼び止める。

「次は、出ろよ？」

次は電話に出ろ、とにっこりと笑いかけて伝えた。

電話で呼び出して、カミングアウトして、それからたっぷり可愛がって――食べてやる。

「次は体育だよね。顔色良くなったみたいだけど、無理しないようにね？」

星司は俺の言葉を授業のことだと思ったらしく、音恋に無邪気に笑いかけた。

彼女は軽く頭を下げると、黒い髪を揺らしながら行ってしまった。その後ろ姿を見つめる。

あの様子では、次も電話に出そうにない。どうしたら二人きりで会う約束を取り付けられるだろうか。

「……淳、まさか噛み付こうとした？」

「まさか」

横から星司が訊いてきたから、平然と嘘をつく。

人間の食事だけでも生きていけるハーフの俺が、噛み付きたくなったのだ。純血の吸血鬼であるヴィンセントは、俺以上に誘惑されていることだろう。

音恋は、魅惑的な花だ。どうりで恋人でもないのにマーキングをするわけだ。あれは彼女に他の吸血鬼を近付かせないためのもの。ヴィンセントによる音恋の独占。腹立たしい。

その独占欲が彼女を危険に晒《さら》しているのだ。

なんとかヴィンセントから彼女を引き離して、それから音恋を……

——音恋を、俺だけの……

「いたいた。おい、おめーら」

声をかけられて顔を上げれば、階段の上から笹川先生が顔を出した。

「ヴィンセントが音恋ちゃんと喧嘩したみたいだぜ」

「えっ？　喧嘩？」

その内容に、俺も星司も目を丸める。

あのヴィンセントと音恋が……？

「ああ。音恋ちゃんがヴィンセントを完全拒絶したみたいだ」

笹川先生の声と一緒にチャイムが鳴り響いたが、モンスターの俺達には問題なく聞き取れた。

星司は胸を撫《な》で下ろしたが、俺は顔をしかめた。

あまりのタイミングの悪さに、舌打ちが出そうになる。

なるほど。音恋の不機嫌の理由は、ヴィンセントのせいか。一体何をやらかしてヴィンセントは
彼女をあれほどまで怒らせたのか。

笹川先生が、放課後に詳しい話をすると告げて、俺達を教室に行くよう急《せ》かす。

ああ、それがわかっていれば。さっき——俺が食べてしまったのに。

七話　添い寝

午後の授業は、一年生全体で体育祭の練習。

なのに私は、赤神先輩のせいで授業に遅れてしまった。慌てて髪をポニーテールにしながら校庭に出ると、すでに準備運動が始まっていた。急いで体育の雪島《ゆきしま》先生に駆け寄り、遅刻したことを謝ると、前髪をぐしゃぐしゃにされました。

「あたしの授業を欠席するわ遅刻するわ……いい度胸ね？　宮崎」

「申し訳ありません」

「ほら、さっさと準備運動してきなさい」

パン、と軽く肩を叩かれて促される。水色がかった白髪の彼女は、結構気さくに生徒と接する。想いを寄せている笹川先生に色目を使う女子生徒には、態度がキツいけれど。

雪島先生に軽く頭を下げて、私は準備運動にまざった。

今日の練習では、まず入場や退場、そして一年生が行う種目を軽くさらっていった。その練習中、何故か女子生徒がざわついている。

彼女達の会話に耳を傾《かたむ》けてみると、そこにヴィンス先生の名前が出てきた。

「…………」

一年生の合同練習なので、各クラスの担任もジャージ姿で校庭に出ている。そこにはもちろん、女子生徒達の人気が高いヴィンス先生もいた。

彼女達の話題になっていたのは、ヴィンス先生の物憂《ものう》げな様子だ。

純白のジャージを着たヴィンス先生は、腕を胸の前で組み、じっとこちらに視線を向けている。

眉間にシワを寄せ、とても悲しげな表情をしている――らしい。

「どこ見てるんだろう？」

「はぁ……物憂げな顔もすっごく素敵……」

「慰めたい……」

「あたし達を心配して見てくれてるんじゃないかな？」

「先生素敵……」

クラスメイトがため息を零《こぼ》しながらヴィンス先生を眺めている。

ヴィンス先生の魅力は健在のようです。練習でグラウンドを行進している途中、噂のヴィンス先生の顔がしっかり見えた。

見なければよかったと後悔。彼の物憂げな瞳はまっすぐ私に向けられていた。

太陽の光を照り返す白金髪《プラチナブロンド》のせいか、憂《うれ》いた眼差しまでキラキラして見える。その眼差しで私の罪悪感を煽《あお》る作戦でしょうか。でも、折れたりしません。

私はその眼差しに気付かないフリをして、一度もヴィンス先生と目を合わせなかった。

「見て、あの子犬みたいな目」

「やだ、泣きそう……それでも素敵」

練習の後半に差し掛かると、女子生徒達のほぼ全員がヴィンス先生を観賞していた。一部はもらい泣きまでしている。しかし、集中が欠けた女子生徒達に向かって、雪島先生の怒号が飛んだ。その途端、見惚れていた女子生徒達がヴィンス先生から顔を背ける。雪島先生は、ちょっと怖い先生なのだ。

昼休みにヴィンス先生のお弁当を食べたからか、私はなんとか体育祭の練習を乗り越えられた。だけど、明日にはまた個人種目の練習がある。私は二百メートル走に出る。他に学年別リレーの練習もあるから、きっと明日は今日より練習がハードになるだろう。

不眠の原因がわかっても、恐怖を拭《ぬぐ》えなければ眠れない。明日のことを思えば、しっかり眠って身体を休めたいけれど、今日もきっと眠れないだろう。

私はため息をついて、着替えを終えた。

帰り際、クラスメイトの森田《もりた》さんに出られなかった午前中のノートを借りにいく。すると、森田さんは私のノートに直接書いてくれていた。聞けば、ヴィンス先生が「支障がなければ彼女の分もノートを取ってあげてください」と頼んできたらしい。本当に抜け目がない。

寮に帰る前に、私は疲れた身体を引きずってスーパーに寄った。

先日、緑橋くんが差し入れしてくれたチーズケーキを、私は黒巣くんの分まで食べてしまった。そのお詫びに黒巣くんにプリンを作ろうと思っていたので、材料を買いに来たのだ。ついでに森田さんの分も作ってノートのお礼にしよう。

「明日のお昼どうしよう……」

スーパーを歩き回りながら、明日の昼休みについて考えた。いつもはヴィンス先生と過ごしていたけれど、先程の様子からして当分近付いて来ないでしょう。

かと言って、食堂に行けば、生徒会と一緒に食べるハメになる可能性が高い。私としては、神様の贔屓《ひいき》で生まれ変わった私の影響で、これ以上ゲームのシナリオが変わってしまったり、予定外のフラグが立つことは避けたい。

私は極力、攻略対象者に近付かないようにしなくては。

ここは草薙先輩の誘いを受けて、風紀委員と食べた方がいいかもしれない。風紀委員の草薙先輩と笹川先輩も攻略対象だけれど、生徒会よりはフラグが立つ可能性が低いように思える。ならば風紀委員を選んで、生徒会を避けるのがベストの選択だと思う。

神様の希望に従い暗躍する黒巣くんが何かしてくる前に、先手を打たないと。プリンという賄賂《わいろ》でしばらく放っておいてくれないだろうか。


その夜。学園と同じく純白を基調にした寮の部屋で、森田さんに書いてもらったノートを見ながら勉強をしていると、訪問者が現れた。

「今日一緒に寝てもいいかなっ？」

ピンクのハートがちりばめられた白いパジャマを着たサクラが、枕を抱えて控え目に問う。

「ネレンが眠るまで、あたしも寝ないよ！　一人で起きてたってつまらないでしょ？　眠れるまで、一緒にお喋りしよう？」

「…………」

驚いて何も言えないでいると、サクラが「お願い」と頼んできたので、私は首を縦に振った。今日は、勉強してプリンでも作ろうかと思っていたのだけれど、眠る努力をしようか。

そうしたら、サクラに抱き付かれました。サクラの抱き付きは、久し振りで痛いです。

サクラはリラックス作用のあるアロマキャンドルを持ってきてくれた。なんでもラベンダーの香りは心地いい眠りに誘《いざな》ってくれるのだそうだ。火をつけたキャンドルを窓辺に置いて、それを二人でベッドに寝そべって眺める。サクラは、ご機嫌な様子で今日の出来事を話してくれた。

「作山《さくやま》さんが用意した教材が目の前にあるのに、岡崎《おかざき》先生ったらないないって探しちゃってね、皆笑ってね！　そしたらひょいって古屋《ふるや》先生が覗いてすぐ行っちゃうからまた皆笑っちゃった！　ネレンもいたら笑ってたよ！」

枕を抱き締めながら、私が出られなかった家庭科の授業の話をするサクラは、とても楽しそうな笑みを零《こぼ》す。その笑顔を見るだけで、私もつられて微笑《ほほえ》んだ。

「あ、そうだ！　ネレンあのね！」

サクラはぱっと思いついたことを言いかけて、笑顔のまま一時停止してしまう。

「なんでもない！」

「……」

様子からして、なにか言いたいことがあったと予想ができるけれど、隠す理由がわからない私はただ首を傾《かし》げる。するとサクラは一人で慌て始めた。

「違うの！　えっと、あの……そう、秘密！　……あッ」

そのワードを出した途端、サクラの顔色が変わった。

この前、保健室で話したことを思い出したのでしょう。

でもサクラはその件に触れることなく、頭を振って明るく言い直した。

「サプライズ！」

「サプライズ？」

「うん！　楽しみに待っててね！」

楽しそうに身体を揺らすサクラは、口元に人差し指を立てて笑った。

それからサクラはまた今日の出来事について話してくれる。けれども十一時を過ぎると欠伸《あくび》を漏らし始めて、次第に口数が減り、瞬《まばた》きが多くなる。私もサクラも枕に顎《あご》を沈めながらも、うとうとした。唸《うな》るサクラが話題に困っていたから、今度は私から話題を振ってみることにした。

「生徒会の皆とはどう？」

「んぅ？　生徒会？」

ぼんやりした顔を私に向けて、サクラは少し考えた。

私が生徒会を避ける理由の一つは、サクラにある。私はこのゲームのヒロインであるサクラにゲームシナリオのような恋愛をしてほしい。その邪魔をしたくないのだ。

彼女は過去のトラウマにより男性と触れ合えない。けれど、その男性恐怖症は、攻略対象との恋愛で治すことができる。彼女の幸せに繋がる大事なイベント。その有力な相手候補が生徒会メンバーなのだ。サクラは毎日、彼らと昼休みを過ごしているが、今、サクラの中で好感度が高い生徒会メンバーは誰だろう。

「あー。ユリちゃん達にも訊かれたよぉー。生徒会の中に気になる人いないかって話でしょー？　あたしは別にぃ……んぅ」

既に生徒会ファンの友人、ユリちゃんと森田さんに問い詰められたらしい。

この感じだと、サクラはまだ誰にも恋愛感情を抱いていないみたい。

「桃塚先輩は……？」

「桃会長？　んー……優しいよねぇー。ネレンの話でいっつも盛り上がってるよ！」

まだ私を話題にしているのですか。私を共通の話題にして仲良くなるのならいいですが……

「赤神先輩は？」

「赤神先輩はぁ……あんまり話さないかなぁ……クールなんだよねぇ」

……私が恋愛フラグを立ててしまったらしい赤神先輩は、サクラに興味を示していないみたい。

こういうイレギュラーがあるがら、攻略対象には近付きたくないんだ。

「橙先輩は？　最近仲いいよね？」

「橙先輩はネレンを好きになってくれたからね！」

サクラは笑顔になって声を弾ませた。

橙先輩とサクラは初めこそ喧嘩腰だったけれど、私のことで意気投合したみたい。時折教室に訪ねてくる橙先輩と私を挟んでよく談笑していた。けれどそこに、まだ恋愛感情は芽生えていないみたい。

「緑橋くんは？」

「んー……話した記憶ないかなぁ」

緑橋くんとは相変わらず、あまり接していないようだ。

どうやら、サクラと生徒会にまだ進展はないみたい。枕に顔を埋めて今後どうフォローすべきかを考えようとしたけれど、眠気がひどくてなにも思いつかなかった。

「あれ？　黒巣は聞かないの？」

「黒巣くんは……」

神様に頼まれて私をゲームのハッピーエンドに導きたい黒巣くんは、私ともサクラとも恋愛しないと断言した。親友である緑橋くんにもフラグを立てるなと言っていたから、二人は除外だ。

「仲良くないんでしょ？」

「うん！　ほんっとむかつくの！」

相変わらず、サクラの中では黒巣くんは最悪。たぶん黒巣くんは、サクラとのフラグ回避のためにわざとやっているのでしょう。

ひとまず私は自分のフラグを回避して、今後のイベントでサクラの恋愛フラグが進展するのを見守ろう。

「サクラ、恋……してみたいでしょ？」

サクラの方に顔を向けて、訊いてみた。

「うん……」

目を閉じていたサクラは、微笑《ほほえ》んで頷いたけれど寝惚けた声。つられたように、私も目を閉じて眠りに落ちた。でも、すぐに目が覚めてしまった。

時計を確認すると、十二時を回っていた。いつも早く寝るサクラにしては、ずいぶん遅くまで頑張ってくれたけれど、さすがに限界みたい。

マイ枕に気持ち良さそうに顔を沈め、健《すこ》やかな寝息を立てる美少女。ずっと眺めていたいくらいだけれど、中途半端に中断した勉強が気になり、私は結局机と向き合った。

しばらくしてから携帯電話で時間を確認すると午前一時。私は予定通りプリンを作ることにした。あらかじめ使用許可を貰っていたラウンジのキッチンに向かおうと椅子から立ち上がる。アロマキャンドルの火を吹き消し、椅子の背もたれにかけた灰色のカーディガンを着た。パリのお土産で貰ったネイビーのベビードールは、サクラに可愛いと褒められたけれど、これで部屋を出るのはためらわれる。でもこの時間なら誰とも会うことはないだろう、とカーディンガンのボタンをきっちりしめてキッチンに向かった。

閑散としたラウンジの明かりをつけて、私はキッチンに入る。

冷蔵庫に入れておいた材料を取り出し、プリンを作り始める。まずはカラメルソース作り。森田さんはカラメルソースが苦手だと以前言っていたので、量は少なめに作る。ソースがなくても美味《おい》しく食べられるように、プリンを甘めに作ろう。全部で六個。手際よく作り終え、冷蔵庫に入れて冷やす。

その際、ネームプレートを見える位置に置いた。そうしないと勝手に食べられてしまうのだ。

キッチンを片付けて時刻を確認したら、午前二時を過ぎていた。体育祭の練習の疲れもあって眠気がひどいけれど、部屋に戻っても眠れる気がしない。

ラウンジの端には、テレビを観られるソファーの置かれたスペースがある。私はそこに行き、黒のソファーに座って、しばらくテレビを観ることにした。

「――――んぅ……」

物音がした気がして、目を開く。いつの間にか、テレビの音を子守唄にうとうとしていたらしい。つけていたはずのテレビが切られていて、薄型テレビの黒い画面にソファーに横になった私が映っている。そんな私には肩まで無地の茜色《あかね》のタオルケットが掛けられていた。周りを見たけれど、ラウンジには人の気配はない。誰が掛けてくれたのでしょうか。疑問に思いつつ、タオルケットを綺麗に畳みながら時計を見ると午前三時前だった。

私はラウンジの明かりを消して部屋に戻る。すると、部屋を出た時と明らかに変わっている点に気が付いた。外灯の光が微《かす》かに射し込む窓が開いていて、窓辺に飾った花瓶の薔薇が一輪増えていた。その花瓶の隣には、長方形の箱。手に取ると、箱の下には折り畳まれた手紙があった。

〝黒薔薇の君へ〟

丁寧で綺麗な字を見れば、ヴィンス先生からの手紙だとわかる。外灯の淡い光で手紙を読んだ。

〝貴女の秘密を暴いたこと、心から深くお詫びします。どうか許してください〟

後悔と反省が伝わる丁寧な文字を見つめる。

「……許しません」

呟いて、私は窓を閉める。閉めた音で眠りが浅くなったのか、ベッドの上でサクラが寝返りを打った。

「むにゃむにゃ」と口を動かすサクラにベッドを占領される前に、私もベッドに入ろうか。

置いてあった手紙と箱を、ヴィンス先生から渡された小説と一緒に引き出しにしまう。

このまま離れてしまうべきです。このまま――この小説に込められたヴィンス先生の想いが、消えていきますように。そう心の中で祈りながら、私はベッドのサクラの隣に横になった。


ビクン！

隣でサクラが飛び上がるものだから、私も一緒に目が覚めた。

「ご、ごごごめんっ？　私、寝ちゃってた？」

「ん……いいよ、別に」

窓を見ると、朝陽が差し込んでいる。サクラの体内時計はとても正確なようです。

「ね、ネレンは？　ネレンは眠れた？」

「うん、サクラが居てくれたから少し眠れた」

「ほんと？　よかったぁ」

三時間程だけど、暗い自分の部屋で眠れたのは久し振りだった。綺麗な栗色の髪を寝癖で乱したまま、サクラはほっと胸を撫《な》で下ろしている。

「ヴィンセント先生の言った通りだった！」

「え？」

「ヴィンセント先生が添い寝すれば、ネレンは眠れるようになるって言ったんだ！」

「……ふぅん」

ヴィンス先生の差し金でしたか。なら、昨夜のタオルケットも彼の仕業《しわざ》でしょうか。

喧嘩していても、変わらず向けられる優しさに、ほんの少し罪悪感を覚える。

「ヴィンス先生、本当にいい先生だね！」

「……そうだね。本当にいい先生」

無邪気に笑うサクラは、着替えるために自分の部屋へと慌ただしく戻っていった。それを見送ってから、私も身支度を始める。

本当に思いやりのあるいい先生だ。ヴィンス先生とは、ただの教師と生徒の関係でいたい。私は、彼の気持ちに応えることができない。だから、私ではない他の誰かと、幸せになってほしい。

神様に贔屓《ひいき》されている私に関わるのはやめて、早く離れていってください。

少し眠れたとはいえ、やっぱり寝不足でぼんやりしてしまう。

気持ちをシャキッとさせようと、私は髪を後頭部の高い位置で結ぶ。体育の時間はいつも一つに結んでいるけれど、今日は朝からポニーテールにしてみた。

いつもの時間にラウンジに行くと、桃塚先輩の後ろ姿を見付けた。彼以外生徒は見当たらない。

だから、寝ぼけた頭が思い浮かべた呼び名をそのまま呼んだ。

「おはようございます、星くん」

「!?」

ガシャン！

後ろから忍び寄るように近付いたせいなのか、目を見開いた桃塚先輩は、トレイを落として朝ご飯を台無しにしてしまった。

「おっ……おはよう！　おはよう！　恋ちゃん！　今日はポニーテールなんだね！　可愛いよ、恋ちゃん！」

「落ちましたよ」

そんな必死に挨拶を返す前に、自分のご飯の心配をした方がいいです。無邪気な笑顔を炸裂させている場合ではないです。でも本日二度目の可愛い笑顔を拝めました。

今日は森田さん達が来るまで、ゆっくり食事をすることにした。

「へぇ！　いいなぁ、恋ちゃんの手作りお菓子かぁ」

私は、会話のついでに昨日作ったプリンについて、桃塚先輩に話した。

「確か……ナナくんの分まで食べちゃったケーキの代わりに、あげるんだっけ？」

「はい」

「……僕にもちょーだい？」

一度俯《うつむ》いた桃塚先輩が首を傾《かし》げるように、可愛らしくおねだりしてくる。甘え上手な桃会長の特技です。

「はい、どうぞ」

自分が食べる分を数えても一つ余る。私は、右隣の桃塚先輩に答えた。

「わぁい！　やったぁ！」

すると、桃塚先輩の笑顔が弾けた。こうやって女子生徒の母性を擽《くすぐ》る人だ。同時にその笑顔で癒してくれる。包容力があって、頼りになる。隣にいるだけで落ち着く人。

攻略対象と接することは極力避けたいけれど、どうもこの朝の時間を避けるのを忘れてしまう。ただでさえ桃塚先輩には、偽恋人をやってもらうというイレギュラーなイベントをしてもらったから、避けたほうがいいのに。いつの間にか彼との朝食が当たり前になっていて、自然と会いに来てしまう。それはまるで、家族と過ごす朝食だから……

嬉しそうな桃塚先輩の顔を見て、今日も頑張ろうという気になれました。

八話　宣言

気持ちだけは明るく登校したけれど、午後になったら元気がなくなりました。

おそらく、ヴィンス先生の血の効果が切れたのでしょう。

結局食堂には行かずお昼ご飯も抜いてしまったので、体調は悪くなる一方。それでもなんとか、この日の授業を最後までやり通した。でも、寮に戻る頃には、ベッドに倒れれば起き上がれないほどの疲労感でいっぱいだった。

どうやら熱も出てきたようなので、暗闇が怖い云々《うんぬん》は忘れて眠れるような気がします。

私は自分の部屋に戻ると、動けなくなる前にお風呂に入ってしまおうと荷物を持って部屋を出た。

廊下を歩いていると、二階の窓から黒巣くんの姿を見付けた。中庭の、池の前にあるベンチに制服のまま座っている。

彼も私に気付いたのか、こちらに顔を向けた。少し迷ったけれど、渡すなら早い方がいい。早足で部屋に戻り、持っていた着替えなどをベッドに放り投げる。とって返すと黒巣くんはまだ中庭のベンチにいた。

窓を開けて、黒巣くんに声をかける。

「そこから動かないで。待ってて」

「……お、おう」

人差し指を向けてそう告げると、気の抜けた返事が戻ってきた。私は少しだけ急いでラウンジに行き、二つのプリンを冷蔵庫から取り出す。プラスチックのスプーンと一緒に手に持って中庭へ向かった。

黒巣くんは、ちゃんとそこで待っていた。

背もたれに左腕を置いている黒巣くんは、不審げに私を見上げる。

「この前、緑橋くんが持ってきてくれたケーキを君の分まで食べちゃったので、等価交換」

「……手作り？」

「手作りです」

「……貰っとく」

黒巣くんは微妙な顔でプリンを受け取った。その反応を気にせず、私は黒巣くんの左隣に腰を下ろす。

疲れた時には甘いものです。私は黒巣くんの横で自分の分のプリンを食べる。

「いつ作ったんだよ、これ」

「昨夜遅くに、キッチンでこそこそと」

「あー、だからアンタ……」

「？」

「いや、なんでもない」

何か言いかけた黒巣くんは、首を振るとプリンを食べ始めた。口に入れた瞬間、ぱちりと目を丸めた黒巣くんは数秒固まったあと、次の一口を口に入れる。それを見る限り、私のプリンは彼の口に合ったらしい。彼の様子は、ご満悦のように見える。

「口に合ったなら、もう一つ冷蔵庫にあるから食べていいよ」

「！」

黙々と伏せ目がちだった横顔が、瞬時に反応してこちらを向いた。

これはわかりやすい反応。

私も、自分のプリンを食べる。我ながら美味《おい》しくできました。

「アンタ、なんで今日その髪型なんだ？」

プラスチックのスプーンをくわえながら、黒巣くんが私に訊いてきた。私もスプーンをくわえたまま黒巣くんに顔を向ける。

「体育の時はいつも結んでたけど、他の時にもポニーテールは珍しいよな」

「あぁ、これは眠気に負けないように気合いを入れるため」

黒巣くんはA組、私はB組。体育はいつも合同だから、体育の時の髪型を知っていたらしい。

「ふぅん……」

背もたれに頬杖をついて、黒巣くんは黒い瞳でじっと私を見た。

この髪型が変なのだろうか、少し首を傾《かし》げつつも気にせず前を向いてプリンを食べる。

「俺、普段の髪型よりこの方が好き。顔、よく見えるし――」

自然な動きで黒巣くんの右手が私に伸ばされた。彼の方を向くと、目が合う。黒い瞳が見開かれて、伸ばされた手が止まった。その手は、私に触れる前に引っ込められる。

「髪型が、だからな！　髪型だ！」

「何度も言わなくてもわかってるよ」

髪型が好きだって、最初から言っていた。何を必死に言い繕《つくろ》っているのでしょうか。

「アンタのその情けない顔がよく見えて滑稽《こっけい》だ」

「そうだね」

「……否定しろよ」

「事実でしょ」

「…………」

寝不足で、それでなくても白い肌が青ざめているだろう。情けないのは事実。

私があっさり認めたことが気に入らなかったのか、黒巣くんはムスッと沈黙してプリンを食べ始める。

「……俺も寝不足だ。アンタがプリン作ってる間にヴィンセント先生に呼び出し食らった。アンタが道端で倒れたりしないように、監視しろだってさ」

「私が号泣した理由、わかったよ」

またもやヴィンス先生のパシリにされている、というクレームを聞き流して、私はヴィンス先生と喧嘩した原因を話すことにした。最初からそのつもりだった。

「前世の死んだあとの記憶だった。真っ暗闇で、誰もいなくて、自分の存在さえ無くて……何より怖かった。昨日、ヴィンス先生に記憶を覗かれて、死んでシヴァ様と対面した場面まで鮮明に思い出しちゃったよ」

「……マジかよ」

私の言葉を聞くなり空を仰いだ黒巣くんは、不機嫌に染まった顔を片手で覆った。

「やけにアンタに近付くことを躊躇《ちゅうちょ》してると思ったら、前世の記憶見たのかよ。……それで最悪なタイミングに喧嘩かよ」

さすがにヴィンス先生も、黒巣君にそこまでは話さなかったらしい。でも今、黒巣くんが最後に呟いた最悪なタイミングとは、一体なんのことだろう。黒巣くんはただため息を吐いた。

「でも、この世界がゲームをベースに作られたということは知られてないよ。見られたのは、前世の私が死んだ直後と、シヴァ様が出てきたシーンだけだから」

「全部知られてたら、俺殺されてる」

「そうかな？　興醒めして私と会う前の生活に戻ると思うけど」

私はプリンを完食。空の容器を膝の上に置いて、欠伸《あくび》を一つ漏らす。

欠伸を隠した手で、額に触れてみればまだ熱い。

「なにそれ……どういう意味？」

と黒巣くんが怪訝《けげん》な顔をして訊いてきた。

「神様に贔屓《ひいき》されて乙女ゲームの世界に転生したなんて、神様の力でしか魅力を持っていないようなものでしょ。種を明かしてしまえば、百年の恋も冷めるよ」

冷たい掌を首に当てる。やっぱり熱い。

「……」

やけに視線を感じると思って見てみると、黒巣くんが顔をしかめて睨《にら》んでいた。不機嫌な黒い瞳は言葉を探すように私と池を行き来する。

その時、ポケットに入れておいた私の携帯電話が震えた。取り出してみれば、母親からの着信。

『恋ちゃーん！　星くんとラブラブしてるぅ？』

その第一声を聞いて、出たばかりの電話を思わず切りたくなった。

「……暇なの？　お母さん」

誰？　と問うように顔を覗いてきた黒巣くんに〝お母さん〟と言うと身を引いた。

「そうなのよー。パパが仕事で寂しいのっ！　恋ちゃん、星くんと遊びに来て」

「先週帰ったばかりでしょう。無理です」

「星くんとはデートした？　ラブラブしてる？　ちゅーした？　ねぇねぇ、どうなの？」

桃塚先輩には、母が突然決めたお見合いを阻止してもらうために恋人のフリをしてもらった。お見合いの話がなくなった今も両親にはまだ恋人だと思わせている。桃塚先輩をとても気に入っているのはわかるけれど、不調の時にこんな電話をされては凄く疲れてしまう。

「もう切っていい？」

「やぁん！　もっとお話ししましょうよっ！　あ、さては今隣に星くんがいるのね？　ラブラブしたいのねっ！」

隣にいるのは黒巣くんです。残念、外れ。

「それとも他の男の子だったりして！　きゃー恋ちゃんやるぅ！」

……お母さんはエスパーですか。

「恋ちゃん、演劇部入って早々男の子にモテモテになっちゃたのね！　さすが、私の子！」

「あ……演劇部のこと忘れてた」

「ええ!?」

この前家に帰った時に、勉強以外のこともしてとお母さんがあまりに煩《うるさ》かったから、演劇部を見学すると約束した。それを、すっかり忘れていました。
電話から聞こえる元演劇部のお母さんの熱弁を、携帯電話を耳から離してやりすごす。静かになったところで、耳に当てた。
〔入部して！　入部して！〕
「はいはい。近いうちに見学しにいきます」
お母さんを宥《なだ》めて頷く。明日の放課後にでも、演劇部顧問の先生に見学の許可を取ろう。
その間、黒巣くんは、黒い瞳でじっとこちらを見てくる。私は気にせず、お母さんの話に付き合った。
〔入部しても星くんとの時間、忘れちゃだめよ！　忙しくても！〕
まだ入部すると決まったわけではないけれど。
「大丈夫。毎日会ってるよ」
〔うふふ、ならいいのよ〕
お母さんは満足げに笑う。
〔本当に意外だわ。まさかこんなにも早く恋人ができちゃうなんて〕
少しテンションが落ち着いたお母さんは、微笑《ほほえ》んでいるような声音で言った。
〔恋ちゃんって、自分のペースを維持するじゃない？　まー、それは小さい頃から身体が弱くて、自分のペースじゃないと身体が辛かったからだと思うけど……。恋ちゃんは一人でも大丈夫って言ってたけど、お母さんずっと心配だったの。だから、恋ちゃんのことをちゃんとわかってくれて、好きになってくれる人が現れたらいいなって、ずっと思ってたのよ」

「…………」

ポチャン、と目の前の池で鯉が跳ねた。中庭は夕日の茜色に静かに染められていく。

自分のペースを維持する癖は、たぶん前世の名残《なごり》だと思う。病弱だった前世同様、幼い頃の私は、無茶をすると、すぐに倒れたりしていた。だから、他の子が楽しそうに駆け回っていても、私は私のペースでしか歩かなかった。

そうか。私が独りに慣れているのは、そのせいか。

大人しくて無表情なせいだけではなく、私が相手のペースに合わせないせいで、親しい友人ができなかった。サクラは、自分から進んで近付いてきてくれたし、ペースが合わなくても、そして無理に合わせなくても、一緒にいてくれた。だから、親しいと思える程仲良くなることができたのだろう。

「恋ちゃんにはずっとそばにいて、離れないでいてくれる人がいいと思うの。ほら、〝パリの彼〟に言ったらね、〝死ぬまで放さない〟って言ってくれたのよ！　だから恋ちゃんの恋人にうってつけだと思ったのよーん！　でも恋ちゃんには、星くんがいるものねっ！　星くんにそばに居てもらってね！」

終わった話を蒸し返さないでほしい。写真を見ただけでそんなことを言う人は、相当いい加減な人か、おかしい人かのどちらかだと思います。

「ちゃんと演劇部に入部するのよ？　デートしたら報告してね？　ちゅーしたら電話して！」

どんどん出てくる要求に、適当に返事をして電話を切った。

凄く、疲れた。母のテンションにではなく、すべてに、本当に、疲れてしまった。

まるで、そう、私自身のペースを崩して無理に走ったような、走らされたような。でも、随分前から狂わされていたようにも思える。

それは、黒巣くんから、この世界のネタばらしをされた時からだろうか。それとも、気付かなかっただけで、前世の記憶を思い出した時から、私のペースは狂わされていたのか……

「演劇部って、柄じゃない」

一息つくと、ずっと黙って隣にいた黒巣くんが口を開いた。

「裏方に興味があるの」

ぼんやりと頭の隅で思いながらも、演技の方ではないことを伝えておく。黒巣くんは、だらしなくベンチの背もたれに寄り掛かり、私をじろりと横目で見た。

「部活を始めて、攻略対象者と関わる時間を減らす魂胆か」

「当たり、正解、お見事。良くできました」

棒読みで拍手して見せれば、黒巣くんの眉間にシワができた。

黒巣くんが見抜いた通り、確かに部活は彼らを避けるための手段でもある。演劇部には前々から興味があって、黒巣くんや神様に干渉されずに楽しみたいという目的もあるのだけれど。

「んなもん、無駄だぜ」

黒巣くんは、それを許さないと言わんばかりに言い切った。

「シヴァ様の傍《はた》迷惑な厚意のせいで、私が苦しんでいるのに、まだ私を苦しめたいんだ？」

夕日を映して赤く揺らめく池を見つめながら、私は淡々と言う。隣の黒巣くんが動いた気配がしたけれど何も言い返してこない。

黒巣くんは、私を神様の望むハッピーエンドに導こうとしているけれど、そのせいで私は今まともに眠れないほど苦しんでいる。それなのに、どうしてそんなことを私に言うのだろうか。本当に本当に、傍迷惑だ。

「……入部したら姫宮と居る時間も減るよな」

黒巣くんはサクラの名前を出してきた。見てみれば、ニヒルな笑み。

「会えない時間が減るのは、姫宮も同じ。さぁ、どっち取る？　攻略対象者と離れるか、姫宮との時間を確保するか。まっ、俺としては別にどっちでもいいけどー？　姫宮と離れるのは好都合だし、入部したところで他にも手はあるしー？」

「…………君はなんでそんなに、サクラと絶交するように言うの？」

高等部に入って、黒巣くんと初めて接触した体力テストの時からそうだ。彼は私とサクラが仲違いするように仕向けるような発言ばかりする。私のハッピーエンドのために、サクラをヒロインの座から突き落とすように言う。私とサクラが親友だと、知っているはずなのに。

「アンタの幸せの障害になるからさ。姫宮のポジションは愛されヒロイン、アンタはそのポジションにつかないといけない。呑気に仲良しやってないで、さっさと蹴り落とす準備をすりゃあいいんだよ。けどまー、演劇部に入部してアンタと過ごす時間が減れば、あっちから離れていくかもなー？」

意地悪に笑って見せる黒巣くんが、サクラの方から離れると言った瞬間、私の中で何かがすっと落ちた気がした。

離れていくか……

「…………」

私は一度瞬《まばた》きをしてから、池に顔を向けた。反射する光の中でサクラの笑顔を思い浮かべる。サクラのそばにいようと、努力をしてきた。憧れのサクラに追いつこうと、努力をしてきた。親友としてそばにいたくて、そのために努力しようとしてきた。でも、黒巣くんも、神様も、私のペースを狂わせる。息が切れて、身体が重くなって、足が止まってしまった。もう、疲れてしまった。

もうやめてしまおう。努力が苦痛にしか思えないから、もうやめてしまおう。

私の幸せのためにも。

離れてしまえば、きっと簡単だ。ヴィンス先生とも、サクラとも、きっと案外簡単に……

「そうだね。私の幸せのために、離れるべきだね」

「えっ？」

私のその反応は予想外だったらしく、横から黒巣くんの気の抜けた声が聞こえた。

「離れてしまえば、会えなくなってしまえば、無関係になれる。家族以外、所詮は赤の他人。もっと早くに、この決断をするべきだった。君が事情を話してくれた時にでも……そうするべきだった。

そうすればシナリオにイレギュラーが起きることも、前世の記憶を思い出すこともなかった。私は、誰かと居ることに慣れずに済んだし、独りが怖いと思わずに済んだのに……」

決意が崩れてしまわないように、私はきつく握り締めた両手を胸の真ん中に当てる。

サクラの笑った顔とか、日溜まりでの賑やかな談笑とか、色々思い浮かんできて、胸に鈍い痛みが走る。それを押し潰すように、胸に当てた手に力を込める。

「お、おい。何の話だよ？　宮崎？」

黒巣くんが焦った声を出して、私の肩を掴んできた。その手を振り払うように、私はベンチから立ち上がる。

そして髪を結んでいたゴムを取って、髪をほどき顔を隠した。

「皆と離れないと、私は幸せになれないから、だから私は……」

黒巣くんを振り向かないまま、私ははっきり告げる。

「転校します」

離れてしまえば、また独りでいることに慣れる。独りに慣れてしまえば、誰かがいなくてもきっと眠れるようになるから。

――普通に生きたいなら転校すりゃあ良かったんだよ。

以前、君が私に言ったんだ。私が転校する、それが、皆にとっての最善策だ。

皆が幸せになれる選択だ。

「私がいなければ、君は神様やヴィンス先生のパシリをすることもなくなる。よかったね？　黒巣くん。これで皆がハッピーだ。じゃあ――さよなら」

私は黒巣くんに顔を向けないまま、自分の部屋に戻った。ドアを閉めた途端、その場に崩れ落ちてしまう。堪《こら》えていた涙が一滴、床についた手の甲に落ちた。

第二章　鴉の反対言葉

九話　神様

それから私の体調は急降下で崩れ、熱で寝込むことになってしまった。

翌日は大事を取って学校を休むことにした。午前十時を回った頃、携帯電話に着信があった。相手は赤神先輩だった。熱で魘《うな》されていた私は、枕の横の携帯電話に手を伸ばす気力もなく、重い瞼《まぶた》を閉じた。

次に目を覚ましたのは、一時間後。幾分か体調も楽になり、私は水を飲もうと起き上がる。

そこで、窓辺に飾った花瓶の薔薇が三本に増えているのに気付いた。その横には見覚えのある長方形の箱。私はぼんやりそれを見つめてから、おもむろにベッドを降り、机の引き出しを開けた。

そこには同じ長方形の箱とヴィンス先生の小説。またヴィンス先生は夜に置いていったのでしょうか。箱の下には、手紙が置いてある。

〝せめて食べてください〟

その一言を見て匂いを嗅《か》げば、チョコレートの匂い。また私のための優しさ。その優しさの分だけ掌に重さを感じる。

それを手紙とともに引き出しにしまって、私は今日の授業の予習をするために机と向き合う。今日の夜か明日にでも、お父さんに電話して、なるべく早く転校できるように頼んでみよう……そんなことを考えている時だった。

開いた窓辺に一羽の黒い黒い鴉が止まっている。その鴉は一回羽ばたいて部屋に入ってくると、たちまち黒巣くんの姿に変わった。無数の黒い羽根が渦を巻き部屋に撒《ま》き散らされる。

その黒い羽根が次第に空気に溶けるように消えていく中、私のベッドに誰か見知らぬ人が座っているのが黒巣くんの肩越しに見えた。

青年だ。一本に縛った長く細い青い髪が尻尾《しっぽ》のように揺れている。見目麗《みめうるわ》しいけれど、その目にはまるで生気がない。けれど一瞬でその目に魂が入ったみたいに、銀色の瞳が輝く。

青年がにっこりと、無邪気な笑みを浮かべた。そして両腕を広げると——

「ばあっ!! シヴァだよぉ! 来ちゃった!」

「出直してください」

お茶目な第一声に、思わず反撃するように言ってしまいました。

「……」

両腕を広げたままシヴァと名乗る青年は固まってしまった。

瞬《まばた》き一つしないで、シヴァ様は笑みを張り付けた顔を、ベッド横の床に座った黒巣くんに向ける。

黒巣くんは無言でよそを向いていて、考え事をするようにぼんやりしていた。

「ねぇねぇ! 神様だよ、神様! シヴァだよ、シヴァ! 他にリアクションは!?」

「暇なのですか、シヴァ様？」

「ぐっひゃあ！」

　風もないのに、シヴァ様の後ろでひょいひょいと結んだ青い髪が、尻尾《しっぽ》のように左右に揺れている。

「暇じゃないよぉう、多忙だよぉ！」

　と人のベッドに横になってバタバタと手足を動かす。まるで説得力がない。

「ホントだよ、説得力ないけど。君にはシヴァに訊きたいこと、たくさぁんあるでしょ？」

　にこっ、と笑みを浮かべてシヴァ様は、まるで私の心の声を聞いたみたいに話す。

「まるでじゃないよ、シヴァには聞こえてる」

　心の声が聞こえている、とシヴァ様は答えた。神様には思考さえも筒抜けなのか。

　ならば……帰りなさい。率直に念じてみた。

　ピタ、と静止したシヴァ様は、黒巣くんに目をやりペチペチと彼の頭を叩く。

　黒巣くんはじっとそれに耐えている、というより無視をしているように見えた。

　黒巣くんが反応しないでいると、シヴァ様は後ろからがしっと彼の顔を両手で掴んだ。

「シヴァ様は心の声を聞く、と言うか、魂の声を聞くんだよ。心＝《イコール》魂。思考もまた魂の一部だ。だーかーらー、シヴァ様には聞こうと思えば、聞こえるんだよ」

　カクカク、とシヴァ様は黒巣くんの頭を振り回しながら喋った。その声は黒巣くんのもの。だけれど、黒巣くんの唇は一度も開かれていない。腹話術……のようなものでしょうか。

そこで、この部屋に来てから黒巣くんが一度も私と目を合わせないように、よそを向いていることに気付いた。

「さて、それはなんででしょうー！」

また私の心の声を聞いたのか、シヴァ様が楽しそうに笑った。

心の声が聞こえている。なら声を発する必要はない。私は勉強を続行することにした。

「恋ちゃーん！　構って構ってぇ!!」

正直、じゃれる橙先輩よりうざいと思いました。

するとシヴァ様は、ベッドの上に膝立ちして両腕を広げたまま静止する。今度は瞳から生気も消えた。まるでリアルな人形みたいに動かなくなってしまったので、私は首を傾《かし》げる。

するとそこで、黒巣くんが大きなため息を吐いた。

「この身体はシヴァ様が作ったただの人形。生物学的には、生きていない。シヴァ様がこの世界の外側から動かしてるんだよ。例えるなら小指で糸引いてるようなもんだ。それをしながら、同時に魂と世界の管理をやっているから、トラブルが起きるとこうなる」

今度は口が動いているから、黒巣くんが喋ったみたい。でも頑なに目を合わせようとしなかった。

椅子から立ち上がって、意識の途切れた人形に近付いてみる。近くで見ると瞳は硝子《ガラス》玉みたい。頬に人差し指を当ててみれば、人の肌のように柔らかかったけれど温もりはなかった。そして本当に、呼吸をしていない。

でも。目の前に神様が現れようが、人形が動こうが、心を読まれようが、驚きを感じないのはどうしてでしょうね。冷静沈着のおかげかな。

「でも、なんでそんなに忙しいのに、わざわざ人形を使ってまでここに来たの？」

黒巣くんに話がある時は確か、異次元に呼び出されると言っていなかったっけ？

黒巣くんに目を向けると、やっと視線が交わった。しかし黒巣くんの眉間にはシワが寄っていて、不機嫌さが露《あら》わになっている。お前のせいだよ、と言わんばかりの眼差し。

「説得しに来たんだ！」

そこで、いきなりシヴァ様の意識が戻った。突然喋り出した人形に驚いて、私は身を震わせる。けれど離れる前に広げたままの腕に捕まってしまった。つまりは抱き締められました。ベッドの上にいたシヴァ様は、私を道連れにして後ろへばたんと倒れる。

「君が転校をする理由は、暗闇に対するトラウマの克服のためだ。ならそのトラウマを取り除くよ。だから、ね？　転校は止めよ」

ニコニコと貼り付けたような笑みのまま、シヴァ様は上に倒れこんだ私に、子どもを宥《なだ》めるように言う。

シヴァ様は、鎖骨と胸元を晒《さら》した白い長袖シャツを着ている。温もりはないけれど、しっかりした上半身の上に乗っている私は、この身体に臓器はあるのだろうか？　という全然関係ない疑問が浮かんでいた。無頓着なのは私の悪い癖ですね。

そして、「ないよー」とシヴァ様。

「この身体はただの入れ物だ。無音で無臭で無気配だから、吸血鬼の背後にも立てちゃうよ」

ウインクして見せるシヴァ様は、吸血鬼の背後に立って何をするつもりなのでしょうか。

「実はもうやっちゃったっ！」

な、に、を？

ペロッ、と舌を出してコツンと拳で自分の頭を叩くシヴァ様。

もう吸血鬼の背後に立ったらしい。

「以前、黒巣くんから聞いたと思うけど、記憶は魂にも刻まれるものなんだ。人が死ぬと、その都度魂に蓋をして転生させる。今回、君には前世のゲームのシナリオを思い出してもらうために、魂の蓋を完全に閉めなかったんだ。魂は繊細だからね、迂闊《うかつ》に弄《いじ》ると壊れちゃうんだよ。だからシヴァは、シナリオだけを思い出せるようなオプションをつけてあげられなかったの。ごめんね？だけど、普通は転生後の記憶が表に出て、前世のゲーム以外の記憶は奥の方に仕舞い込まれる。だから、思い出さないと思ったんだ。こんなことになって本当にごめん」

人形だけど、謝罪には気持ちがこもっている。

「……トラウマを取り除くって、どうやるのですか？」

繊細な魂の記憶を迂闊に弄ることができないなら、どうやってこのトラウマを取り除くと言うのだろう。

内心でも問い掛けたのだけれどシヴァ様からの返事はない。

見ると、また瞳が死んでいた。この神様、都合の悪い時だけ逃げてない？

私は呆れたようにため息をついて、シヴァ様の上から退いて立ち上がる。

そして、ベッドの上に横たわった生気のない青年を見下ろしてみた。

まるで殺人現場みたいだ。

「やっだなぁ！　殺人現場みたいだって！」

予告もなしにシヴァ様がひょいっと起き上がり、笑って黒巣くんの背中を叩いた。黒巣くんには何の話か分からないはずなのに。黒巣くんは無視を続けているだけ。

「あっれれ？　どこまで話したっけ？　そうそう、君には謝らなければならないことがたくさんある。ヒロインポジションではなく、友達Aポジションに転生させてごめんね？　でも、なんかこっちの方が似合ってるから結果オーライだよね！」

さては謝罪する気がないですね？

満面の笑みでウインクして親指を立てるシヴァ様に殺意にも似た怒りが湧いてきた。

それが伝わったのか、ビクッと震え上がるシヴァ様。後ろで縛っている髪まで一緒に跳ねた。なんなんですか、その生きているみたいな髪。

「シヴァのチャームポイントだよ‼」

髪の毛を犬の尻尾《しっぽ》みたいにブンブンと振り、シヴァ様は力強く答えた。

度々固まるくらい多忙のくせに、無駄な動作に力が入りすぎている。その動作をなくせば楽だと思わないのですか。

また心の中の声を聞いたのか、シヴァ様はビクッと震え上がった。それによりこの神様はメンタルが弱いことを理解しました。

「さて！　話を戻そうか!!」

しかし立ち直りが早い。切り替えも早い。それなら立ち直る前に、畳み掛けるように攻撃するのが効果的ですね。

勝手にハッピーエンドを押し付けてきた神様に、怒りをぶつけるチャンスです。

「恋ちゃん怖い!!」

「シヴァ様、許可もなくその愛称で呼ばないでください」

「ひうっ！」

「貴方に呼ぶ資格はありません」

「ぎゃうっ！」

「貴方のチャームポイントは、至極どうでもいいです」

「ふぎゃあ！」

「神様と名乗る人が、一人称が名前で擬音ばかりなのは、かなり痛いです」

「ぬあっ！」

「神様、向いてないと思います。転職を考えたらどうですか？」

胸を押さえて仰《の》け反《ぞ》るシヴァ様の顔が、泣きそうに歪んでいく。

そこで黒巣くんが立ち上がった。

「おい！　言い過ぎだ！　仮にも神様だぞ！　仮神様だ！」

「仮はフォローじゃないよひどいよ、二人とも！」

黒巣くんのトドメでバタンッとシヴァ様はベッドに俯《うつぶ》せに倒れる。

かと思えば、もう回復したのかひょいっと起き上がった。

遊びはこのくらいにしよう、と手を叩く。

「遊び？　ひどい……私とのことは遊びだったのですか」

「!!　違う、音恋！　君とのことは本気だった！　遊びだったのは漆の方だ……」

私のもとに滑り込むように膝をついたシヴァ様が、真剣な眼差しで見上げて私の左手を握った。

迫真の演技ですね。

「やめろ。その小芝居やめてください！　俺を巻き込まないでください！」

「冗談なのに」と私とシヴァ様は、揃って乗ってこなかった黒巣くんに文句を言う。

口調と声音が変わって初めて気付いたけれど、シヴァ様の声……ストライク。

「音恋ちゃんの好みを目指しました!!」

またもや心の声を聞いたシヴァ様が、尻尾《しっぽ》もとい髪を振り回す。

その口調と猫なで声で、色気は台無しですよ。と心の中で言ったら、尻尾《しっぽ》もとい髪がぱたりと床に落ちた。

「シヴァ様。俺、授業戻りますんで」

付き合いきれないとばかりに、窓から早々に退散しようとした黒巣くんの襟を、がしりとシヴァ様が掴んだ。そのまま引っ張り、シヴァ様は私の前に、黒巣くんを突き出す。

「ほら。言うことがあるだろ？」

私に話しかける時の、子どものようなお茶目な口調とは違う命令口調で、シヴァ様は嫌そうにそっぽを向く黒巣くんを促した。

黒巣くんは少しだけ沈黙すると、私から顔を背けたまま。

「プリン。ウマカッタ。アリガトウ」

片言でプリンのお礼を言うと、そのまま窓に直行しようとする。しかし、まだシヴァ様が襟を掴んでいるせいで、黒巣くんは再び私の前に引き戻された。

まるでリードに繋がれたペットみたい。私の心の声が聞こえたシヴァ様は声を出さずに笑った。

「昨日は言い過ぎたっ！　悪かった‼」

謝罪というか、自棄《やけ》というか、大声で私に言った黒巣くんは、やっとシヴァ様から解放される。

今度こそ、彼は窓に直行し飛び去ってしまった。

彼の巻き起こした強風で、ペラペラと机の上のノートと教科書が捲《めく》られ、窓辺に置いていた花瓶が落ちた。

床に落ちる前にシヴァ様が右手で受け止め、もとのように窓辺に置く。

「漆のことは大目に見てほしい。彼の心境は複雑なんだ。彼には本当に悪いことをしてしまった」

先程までのお茶目な口調ではなく、真面目にシヴァ様は窓を眺めながら言う。

「これでも大目に見ていますよ。突然、知らなくてもいい世界の裏事情を知ってしまったなら複雑でしょう」

この世界はどう作られたのか。そんな大規模な疑問の答えが、神様の我が儘という好ましくないものだったのだから複雑だろう。

彼にとって将来の夢でもある、大事な漆黒鴉学園が乙女ゲームの舞台で、自分を含む生徒会の友人や先輩がゲームの攻略対象だと知ったら、ひねくれるのもわかる。

昨日の発言は、そのひねくれたところが全面的に出ただけでしょう。別に怒っていないから謝らなくてもよかったのに。

「んー、そっちのことじゃないんだけどなぁ」

「？」

窓を眺めたままシヴァ様は呟いた。首を傾《かし》げても教えてはくれなかった。

不公平だ。シヴァ様には考えがすべて筒抜けなのに、シヴァ様はすべてには答えてくれない。

シヴァ様は笑うと、ベッドの上に横になった。

「音恋にだけ教えてあげる。誰にも言っちゃダメだよ？　実はシヴァ達は——神様じゃないんだ」

ベッドに横になるシヴァ様は、薄い笑みを浮かべて天井を見つめている。

「神様、じゃない？」

冗談を言っている雰囲気は感じられない。シヴァ様は頷いた。

「地上の生き物からしたら神様だ。でも、本当は人間が想像した架空の存在になりきっているだけなんだ。シヴァ達はね、いつの間にかそこに在ったんだ。自分の姿も存在意義も名前も、神様と名乗っているシヴァ達は知らない。例えるならそう、君が魂だけで闇の中にいた時のような存在だった」

嫌な例えに思わず顔をしかめる。けれど話の腰を折ることはしない。

こちらに目を向けたシヴァ様が、自嘲の笑みを浮かべていたからだ。

「シヴァ達には〝死〟がない。永い永い永遠とも呼べる時間の中、ただそこに居るのが退屈になったから、それぞれが〝世界〟を作り出した。いってみれば退屈しのぎさ。シヴァ達は忙しい方が良くて、みーんな複数の世界を管理することになった。世界の中で人間は神という偶像の支配者を作り上げた。だから、それぞれ、その神の名を名乗り、その姿になり、その神になりきった。音恋の記憶の中で会ったシヴァの姿は、色々な神の姿を混ぜたものなんだぁ。本当のシヴァはナニモノでもない」

神様を名乗る異形の存在。それがシヴァ様の正体。この世界の創造主。

「……何故、それを私に話すのですか？」

黒巣くんも知らないことのはずだ。

そうしたら、シヴァ様が「転職を考えたらどうですかって言ったじゃん」と笑った。

そんな問いに真面目に答えないでください。どうやら私は、地雷を踏んでしまったようです。

進んで相手のことを傷付ける言葉を吐くものではありませんね。

「あの闇はね、破壊神を気取って真っ黒にしちゃったシヴァのせいなんだぁ。知ってるでしょ？破滅をもたらす時、シヴァ神は真っ黒な姿だって。本当にごめん、怖い思いをさせちゃったね。つまりあの闇は、眠れなくなるくらい怖いものじゃないんだよ。ほら、ホラー映画でよくあるでしょ。物音や気配で怖い場所に近付いていくシーン。あれは、結局怖いものではないという確信を得るために行くんだ。人は、怖いものではないと認識すれば、もう怖いとは思わない。あれはシヴァが電気を消しただけ。ただそれだけ。闇の中で君を待たせちゃって、本当にごめんね」

ひょいっ、とベッドから起き上がったシヴァ様は、私に笑いかけた。

それこそが、暗闇に対する私のトラウマを取り除く方法。

恐怖の対象を知ることで、恐怖心をなくす。

だけど、本当は怖くないものだよ、そう言い聞かされたからと言って、そう簡単にトラウマが消えるとは思わない。

「音恋は今、あの空間じゃなくて、この世界で生きているんだ。永久にあの空間に閉じ込められているシヴァと違って、音恋は独りじゃないんだよ。ただの暗闇に怯《おび》えてしまうなんて、人生もったいない。シヴァには、もったいなく思える」

そう言って、また薄くシヴァ様は笑う。

本来は白い何もない空間に、彼は永久に独りきり。

そんな気持ちは到底私には理解できませんが、彼には私の気持ちが筒抜けなのだ。やっぱり不公平。

気付くと、窓の外はどしゃ降りの雨。病み上がりの私は、少し肌寒く感じてカーディガンを着た腕を擦《さす》る。

「まっ、シヴァの話は放り投げておいて！」

シヴァ様は、箱を持ってよそに投げる動作をして、自分の話を終わらせた。そして、最初に見せていた、無邪気な笑顔に戻る。

「確かにシヴァは、君から〝お願い〟はされてない。でも君は強く強く〝願った〟。独りにしないでって。シヴァは君の前世の生き様に感銘を受けた。命のある限り精いっぱい生きる人間はとっても美しいと思うよ。そんな君が、一番強い感情と共に記憶に刻んでいたのが、あのゲームだったんだ。当然と言えば当然だね。前世の君の楽しい思い出は、それだけだった。だからシヴァは思ったんだ、このゲームの中で新しい人生を送れたら至極幸せなのではないかって」

身を乗り出して、楽し気に語るシヴァ様の尻尾《しっぽ》もとい髪がゆらゆらと左右に揺れる。

前世の私の楽しい思い出は、ゲームのシナリオだけ。否定はできない。

それでこの世界（舞台）を作り、前世の記憶をオプションに転生させたわけなのですね。私の意思は聞かずに。

「そう、シヴァが勝手にしたことだ。でもね、地上で生きる全部の生物がシヴァの勝手で、その世界で、その時代で、その場所で生きているんだよ」

「所詮は貴方の掌の上で躍りを見せる人形ですか、私達生き物は」

私は自分を抱き締めながら、そんな軽口を言う。

「それが現実。誰にも言っちゃダメー」

シヴァ様は人差し指を唇に当ててウインクする。

生き物に拒否権はない。神様を名乗る彼にすべての主導権がある。

「でも君の人生だ。生まれたあとはしたいようにすればいい」

「なら転校します」

「どうぞ」

呆気なく、シヴァ様は首を縦に振った。私は思わず、右の眉毛を上げる。

この神様、転校するなと説得しに来たのではないのですか？

「漆には、音恋がこの舞台でちゃんと幸せになれるようサポートを頼んだ。でも君が、この世界で幸せになれないなら意味がない。だから転校した方が幸せなら、そうしてもいいよ？　でも、転校は夏が終わるまで待って。せっかくの舞台だ、ちょっとは楽しもうよ。ほら、君の大好きなイベントをやってからでも、転校は遅くないだろ？」

ベッドから腰を上げたシヴァ様は、椅子に座った私の前まで近付くと顔を覗き込んできた。

私の大好きなイベント。夏休みのイベントのことだ。

前世の私が、人生の最後にプレイしていたイベント。

「でもあれは……」

ゲームのヒロインはサクラだ。私があのイベントを楽しむということは、ヒロインのサクラが楽しめないことになる。

ゲームの時のようには楽しめない。だって私は、ヒロインではなく宮崎音恋《わたし》なのだから。

「なら桜子と一緒に楽しめばいいじゃないか、きっとゲームでやるより楽しいよっ！　漆には余計なことをするなって言っておいてあげる。だから、純粋に楽しんで？　君の人生で、最高の夏休みの思い出ができるよ」

ニコニコ、と間近でシヴァ様は至極楽しげに笑う。

まるで自分のことのように喜んでいるように見える。

「ね？　転校は夏休みが終わったらにして？　ダメ？」

フリフリと尻尾《しっぽ》もとい髪を振って笑顔で問う。

私の決意が揺らいでいた。

彼の意図はわかっている。あのイベントに参加したら、きっと私はサクラ達と離れられなくなってしまう。あのイベントは、ただ見ているだけでも、とても楽しいものだった。

夏休みを友達と過ごせなかった私にとって、強い憧れを抱いたイベント。

もし、そんな最高の夏休みを、サクラ達と過ごしてしまったら。そのあとに、はいさよならと転校できるかどうか、自信はない。

「その迷いはただの意地だよぉ、音恋ちゃん！　夏休みを終えた音恋の答えは、紛れもない君自身の意思だ。桜子達と居たいという気持ちは本物なんだよ」

ここに残りたいという選択は、間違いではないと神様が告げる。

「今離れても、あとで離れても、同じことさ。離れて無関係になれたら、確かにそれまでだ。でも思うほど簡単じゃない。昨日はここが痛かったでしょう？」

私と額を重ねて、シヴァ様は自分の胸に手を当てた。

見ていたのですか。

「うんっ、世界の外側から見ていたよ」

シヴァ様はその距離で目を細めて笑った。

「疲れてしまったのなら少し休んで。これからは自分のペースで幸せになって」

そして身を屈《かが》めると、私を両腕で抱き締める。

「君の幸せを願っている」

そっと耳元で囁かれた。だけれど、唇が動いているだけで、その唇から声が発せられていないことに気付く。呼吸もしていない。温もりも感じない。

彼は、ここには存在しない。

「君がまたシヴァのもとに来るまで、たくさんの幸せな思い出を魂に刻んでね」

シヴァ様は、私から離れると窓へ歩み寄った。

「漆もただそれを願っているよ。意地悪じゃないってことはわかってあげてねー？　あとね、ヴィンス先生もね、悪気があったわけじゃないんだよぉ？　できれば許してあげて。シヴァは彼に期待してる。大きな障害を乗り越えてこその愛だよねぇ！」

シヴァ様は窓際に置かれた花瓶に触れた。いつの間にか、外は雨が止んでいる。

「俯瞰《ふかん》で君を見守っているシヴァより、身近で見守っている人達のことを見てあげてねー？　桜子のラブロマンスを奪うとかじゃなく、自分のラブロマンスを考えてみてねー。じゃあ、またねっ！」

クル、と振り返ると、私に向かってにこぉと笑いかけた。

結局、シヴァ様は攻略対象とのハッピーエンドを望んでいるのですね。

世界の外側で見ているシヴァ様以外に、私を身近で見守っている人？　ヴィンス先生のことでしょうか。複数形だから他にもいる？

「……これからも苦しい思いをするけれど、そのあとにはちゃんと幸せが待っているからね」

俯瞰《ふかん》視点のシヴァ様は、何かを悟っているみたいに私に告げる。

きっと、神様は本来そういうものなのかもしれない。シヴァ様は、神様というポジションでそれを行《おこな》っているだけなのだ。

ふと浮かんだそれも、シヴァ様には筒抜けだ。どこか、悲しげな微笑《ほほえ》みを残して、シヴァ様は消えていた。


その夜。私は暗い部屋で一人きりだったけれど、不思議と眠れました。

十話　降り注《そそ》ぐ夜の雪　～黒巣漆～

一刻も早く宮崎の部屋から逃げたかった俺は、焦って窓枠に足を引っ掛けて無様に墜落した。

カッコ悪。もともと授業に戻るつもりはなく、俺はシヴァ様の説得が終わるまでここで待つことにした。雑草だらけの地面に仰向けに転がる。

シヴァ様は、俺が宮崎にお礼と謝罪をすることを条件に、わざわざ彼女を引き留めるために来てくれた。なのに俺は、結局誠意を見せられずに逃げ出した。

昨日の宮崎が脳裏に焼き付いて離れない。一瞬だけ見えた泣きそうな横顔。

俺は宮崎の部屋を見上げる目を、右腕で押さえた。

時間を戻せるなら、昨日をやり直したい。

姫宮と友達をやめろとはもう言わない。泣きそうな顔を髪で隠して、独りになろうとする宮崎を止めたい。

いや、時間を戻してやり直すことができるなら、もっと前。

宮崎と出会う前に戻りたい。

俺が宮崎音恋の存在を知ったのは、本当は高等部の入学式なんかじゃなかった。


漆黒鴉学園の中等部は、期末試験の結果だけが廊下に貼り出される。

一年の一学期、俺の期末試験の結果は十位だった。親しくなったばかりの緑橋ルイは、一位。それを確認してから、もう一度自分の名前に目を戻した時、その名前を見付けた。

俺のひとつ前の九位に載っている、宮崎音恋という名前。

総合点数を見れば、俺と一点違いだった。たった一点の差で、俺は一桁の順位に入れなかったのだ。その悔しさで、俺はその名前を覚えた。

二学期の期末試験。俺は結果が張り出されるや、真っ先に確認しに行った。

俺の順位は七位で宮崎音恋は八位。また一点差だったけど、今度は俺が勝った。

思わずガッツポーズが出た。

そして、三学期の期末試験。順位は俺が九位で宮崎音恋が八位。だけど今度は、五点も差をつけられた。

「みやざき、おとれん……ねこい？」

「ねれんです」

この一年、期末試験のたびに俺の名前の隣にあった名前。初めてその名を口に出してみたら、隣から鈴みたいな声が聞こえてきた。

横を見ると、いつの間にか女子生徒が立っている。黒く真っ直ぐな髪を胸の辺りまで伸ばした、白いカーディガンを着た小柄な女子生徒だ。

前髪のかかる、大きな黒い瞳が俺を映し出している。

「宮崎音恋です」

もう一度、彼女は自分の名前を名乗った。

八位の宮崎音恋。ずっと名前だけだった存在が、そこにいた。

「あ、悪い。……黒巣漆です」

間違いを謝って、なんとなく俺も名乗り返す。彼女は、一度掲示板に向けていた顔をまた俺に戻した。無表情に俺を見上げて首を傾《かし》げる。

平均よりも少し低い俺の身長とあまり変わらない身長だから、見上げるという表現は間違っているかもしれないけど。

「……」

宮崎はそれからもう一度順位表に目を戻す。そこに俺の名前を見付けて、納得したように小さく頷いた。どうやら彼女も俺の名前を覚えていたらしい。二人してその場に立ち尽くした。

俺はなんだか落ち着かなくなって、会話会話……と頭の中で話題を探す。次は勝つ、とか？

「きょん、見て見て！　前より順位上がったよ！」

「頑張ったね、紅葉《もみじ》。おめでとう」

そこに聞こえてきた男女の会話。ちらりと振り返ると、カップルなのか男子生徒が女子生徒の頭を撫《な》でていた。そうされた女子生徒は嬉しそうに笑っている。

それを見て、俺の中に相手を褒めるという選択肢が浮かんだ。だけど今知り合ったばかりの相手なのに、褒めるなんて変だよな。

宮崎音恋に目を戻すと、彼女もそのカップルを見ていた。

無表情だった彼女の顔に感情が浮かぶ。なぜか悲しげに眉を寄せ、どこか羨《うらや》ましそうにカップルを見ていた。

しかしすぐ、宮崎音恋は視線を落とした。その拍子にしなやかな黒い髪がカーテンみたいに彼女の顔を隠してしまう。そのまま彼女は俺に背を向けて行ってしまった。

それが、俺と宮崎音恋が初めて言葉を交わした日。

長い髪の隙間から僅《わず》かに見えたその表情が、俺の記憶にこびりついた。

それから俺は、宮崎音恋のことをよく見るようになった。

隣のクラスの彼女は孤独だった。いじめられているとか孤立しているというわけじゃなく、それなりにクラスには馴染んでいる。だが、特段親しい友人はいないようだった。特定のグループに入っていても、一人片隅で読書をしている。そんな大人しい生徒だった。

ある日、たまたま移動教室の時に、宮崎のクラスの女子グループとすれ違った。

その中に、宮崎の姿はない。彼女は体調不良で休みがちだ。今日は休みかと思っていたら、すぐに宮崎を見付けた。彼女は廊下の真ん中にしゃがみこんで、何かを拾っていた。ひと通り拾い終えると、彼女はそれを流し台の上に置く。

そのあと、先に行った女子グループを追い掛けるつもりはないのか、彼女はゆっくり歩いて俺の横を通り過ぎて行った。

その後ろ姿を見送り、宮崎が拾っていたものを確認してみる。流しにあったのは、硝子《ガラス》の破片《はへん》。たぶん元は花瓶か何かだったんだろう。

宮崎が誤って割ったのだろうか。グループの奴らも手伝ってやれよな。……宮崎、怪我してなかったよな？

「あれ？　黒巣君が拾ってくれたの？」

名前を呼ばれて振り返ると、担任の鈴木《すずき》先生がいた。彼女の手には箒《ほうき》とちり取りが握られている。

「それ、わたしが割っちゃったのよぉ。代わりに片付けてくれてありがとう。怪我はない？」

「あ、いや。俺じゃ――」

「あとは私がやるから。ほら、次の授業始まっちゃうわよ」

俺じゃないと否定しようとしたが、背中を押されて言うタイミングを逃した。宮崎は自分で割ったわけでもないのに、一人で黙々と片付けていたのか……

宮崎は協調性があっても、自分のペースを貫く一面があった。例えば、グループとはぐれても歩く速さを上げたりしない。他人に合わせたフリをして、実は他人に合わせない。

それが彼女を孤独にしているのだと、あとになって気付いた。


中等部二年になった最初の期末。運動部のエース争いが試験順位にまでおよんだらしく、そいつらが十位以内に食い込んできた。おかげで俺は十一位で、宮崎は十位という結果だった。

おまけに彼女とは、また一点差。また勝てなかった。

二学期が始まると、珍しい光景が目に飛び込んできた。

「音恋センパーイっ‼　こんにちは！」

「わっ……」

俺が階段を降りていたら、その階段の下にいた宮崎に双子が飛び付いていた。

初めて会った時、俺と宮崎の身長差はほぼなかったが、今じゃ俺の方が十センチ以上大きい。そんな宮崎よりも、双子はさらに小さく、彼女の肩くらいまでしかなかった。その双子の名前は、確か猫塚《ねこづか》美空《みく》と美海《みう》。極度の人見知りだという猫又《ねこまた》の血を継ぐ生徒だ。

中等部の一年には、猫塚達しかモンスターがいない。この学園の生徒会は、モンスターの血を引く生徒達で運営されている。だから、必然的に彼らは生徒会に入らなければならないのだが、人見知りを理由に拒否しているらしい。

そんな奴らが、宮崎に抱きついている光景に呆気にとられた。どういう経緯か知らないが、猫塚達は宮崎に懐いているらしい。

その様子は、先輩を慕っているというより、保護者か主人にじゃれているようにも見えた。

だが、中等部の生徒会顧問はそれに目をつけ、宮崎に二人の背中を押すよう頼んだ。その結果、猫塚達はあっさり生徒会に入ったのだった。

それから俺は、猫塚達に飛びつかれ、露骨に嫌な顔をする宮崎と、そんな彼女にお構いなしで嬉々として何かを報告する猫塚達を度々見掛けることになった。

二学期の期末試験。結果は俺が十位で、宮崎が九位。その差、一点。

「なんで勝てねーんだよ⁉」

「うわっ⁉　いきなりなにっ？」

無性に腹が立って思わず叫んだら、隣にいたルイが震え上がった。

なんなんだよ！　なんで宮崎は毎回俺の前にいるんだよ⁉　しかもなんで一点差ばっかなんだ⁉

接戦で負けてんのが余計にムカつくっ‼

「次は勝つっ……！」

「だ、誰に？」

「勝ったら教える！」

「う、うん……」

ギッ、と順位表の自分の名前を睨《にら》みながら、宮崎の名前をちらりと見る。

次こそは勝つ！


必ず勝つと決意して、必死に勉強した三学期の期末試験。

結果は、宮崎が六位で、俺は――七位。点差、三点。

な、ん、で、だ⁉　何故俺の一歩前にアンタは居やがるんだっ‼

廊下のど真ん中で叫びそうになるのをグッと堪《こら》えた俺は、ワナワナと震えながら宮崎の名前を睨んだ。

その時、後ろからその名前を口にする声が聞こえた。

「宮崎さん。六位なんだ、すごーい！」

「わー、すごーい、頭いい！」

振り返ると、クラスメイト二人といる宮崎が立っている。

順位表を見ていたから俺は邪魔にならないよう横に移動して、宮崎の顔を見た。

「うん、ありがとう」

友達の褒め言葉に対して、宮崎は無表情で素っ気なく返す。そんな返事はいつものことなのか、女子二人は特に気にすることなく自分達の順位を見に行った。宮崎はわかっているんだ。その賞賛に心が込もっていないことを。クラスメイト達は宮崎がどんなに努力しているかわかってない。宮崎のことなんかに興味がない。

友達なのに、なんで気付いてやらないんだよ。友達なのに、そばにいるのに、どうして。

希薄な関係のまま近づくこともせず、その距離を維持している彼女達に腹が立った。

俺は無意識に、ギュッと爪が食い込むまで手を握り締める。その時、視線に気付いた宮崎が俺に目を向けた。咄嗟《とっさ》に顔を逸《そ》らす。

そこでハッとする。なにやってんだよ俺っ!! 今、話すチャンスだったじゃんっ。

一年の三学期以来、俺は宮崎と話すチャンスがなかった。彼女との接点は、同じ生徒会の猫塚達だけ。だけど、猫塚達は人見知りを発揮して、生徒会でもろくに喋ろうとしない。たまに顔を出してくる元生徒会長で高等部一年の桃塚先輩とは進んで話しているようだが、その時にも宮崎の名前は一切出さなかった。当然、宮崎から話しかけられることもなく、今に至る。

目が合ったなら、話すチャンスだったのにっ！

いや。今、宮崎は俺の後ろにいるんだ。だから振り返って、宮崎と目を合わせて、よぉってって声をかける。

話題は期末の順位。なのに。ただ振り返って、話しかけるだけなのに、俺は躊躇《ちゅうちょ》した。

頭の中にまでドドドッと激しい心音が響く。

俺は深呼吸して、思い切って振り返った。

「…………」

だが、振り返った先に宮崎はいなかった。

意気込んだ分、脱力も大きい。

あの女……マジ苛つく！

その日の放課後、担任に印刷してもらった順位表を持って、高等部に向かう。

学期末の順位が出たあとは、毎回祖父に報告しに行っていた。

「おお、今回は頑張ったな。漆」

漆黒鴉学園の理事長を務める黒巣銀《しろがね》。俺の祖父で、俺の憧れの人。正体は鴉天狗《からすてんぐ》で、珍しい白変種で純白の羽をしている。

俺は小さい頃から祖父の背中を見てきた。

人間とモンスターの子どもが通うこの学園は、双方からの反発もあり経営は困難を極めた。だが、ハンターと協力して双方にとって有効な協定を結び、学園の平和を保っている。二代目理事長である祖父は、初代理事長より上手く学園を経営していると評判だ。

人間とモンスターの共存。その理想を追い求める祖父を俺は尊敬している。

俺がテストで頑張るのは、将来祖父のようになりたいからだ。

だから俺は、テストの結果も順位も、毎回祖父に報告する。

俺にはこうして報告したい人がいるし、頑張ったら褒めてもらえる。

宮崎にはいないのかな。アイツは何のために努力しているんだろう。

「なー、おじいちゃん。おばあちゃんとはどんな風に出会ったんですかー？」

俺の採点済みのテストを眺める祖父に訊いてみた。

理事長室の大きな窓から差し込む太陽の光で、祖父の真っ白な髪が光っている。

どうせならその純白が俺にも遺伝すればよかったのに。小さい頃に駄々をこねて泣いたことを思い出す。

「……」

祖父は俺の質問に目を丸めて、それからにこぉと笑いかけてきた。

「さては好きな子ができたな？」

「ばっ、ち、違うよ!!」

反射的に否定する。でも、それは当たっているかもしれない。俺も薄々気付いていた。

込み上げる猫塚達への苛立ちは嫉妬が原因であるとか、つい宮崎の姿を探して、見つけたら目で追いかけてしまうとか。たぶん、祖父の言うことは当たっている。

楽しげに見つめてくる祖父から、真っ赤になった顔を隠すため、俺は腕で頭を抱えるようにして俯《うつむ》いた。

「……たぶん……好き、かも」

俺は、俯いたまま認める。口にした途端、冬だというのにどうしようもなく身体が熱くなった。

「それは僕に言っても意味ないよ？　漆」

「うっ……」

「んー、お前の様子からして、さてはその子と仲良くなれていないんだろう？」

「っ……！」

「友達にもなれてないんだな？」

「っ！」

「そして想い人は、この宮崎音恋君だな？」

「なあっ⁉」

何も言っていないにもかかわらず、祖父に次々と言い当てられた。挙げ句、順位表に書いてある宮崎の名前を指差すものだから、思わず飛び上がる。

さ、さすがおじいちゃん‼　いや、俺がわかりやすいのか？　バレバレなのか？

「ははっ。僕も気になっていたのだよ。だって毎回漆の前にある名前じゃないか。一回だけ漆の後ろにあったことがあるけれど、あとはずっと一つ前だろう？　漆もきっと気になると思ったんだ。だから想い人はこの子だと推測できた」

楽しげに笑って、祖父は俺に椅子に座るように手招きした。

これ以上からかわれるのは嫌だったけれど、俺は祖父に勧められるまま椅子に腰かけた。

「僕と妻の出会いはね、学校さ。漆黒鴉学園じゃないよ。人間が経営する、人間だけの学校だ。今から八十年前だったかな、同級生だった。クラスは違っていたけど、廊下ですれ違った時に互いに一目惚れ」

「へぇー……」

頬杖をついて微笑《ほほえ》む祖父が、さっき俺が訊いた祖母との出会いを話してくれた。

おじいちゃん達は、初めから両想いか。

「お前のお父さんとお母さんも、同級生だ。そういうのも遺伝するんだなぁ……でも、漆だけは実らなかったりして！」

「………」

ケタケタと笑う祖父の冗談は、大抵は悪気がない。悪気なくても傷付いたんだけど、俺。膨れっ面《つら》をしてそっぽを向くと、祖父は俺の頭に手を伸ばした。

「漆。素直になって思ったことを口にしなければ、何も伝わらないよ？」

「………」

「まずは話しかけろ。上手くいかなかったら、またここにおいで。僕でよければ相談にのるから」

「……うん」

くしゃくしゃと頭を撫《な》でられて、照れくさくなった。

祖父が言い当てたのは、俺をよく見てるから。宮崎の名前を覚えていたのも、ちゃんと俺が渡した順位表を見てくれていたからだ。

嬉しさが込み上げる。ここに、ちゃんと俺のことを見てくれている人がいる。

宮崎はこの嬉しさを知っているのかな。

いつか見たカップルみたいに、俺が〝よく頑張った〟って頭を撫でたら、彼女は嬉しそうに笑ってくれるのかな。想像したら、なんとも言えないフワフワとした気分になって、恥ずかしくなった俺は、慌てて頭を激しく横に振った。

俺は中等部三年になった。今年も、宮崎とは違うクラスだった。偶然廊下ですれ違うたびに、

〝話しかける〟という選択肢が頭に浮かんだが、勇気がなくて行動に移せなかった。

本当は、どう話しかけていいのかわからなかったのだ。俺が思いつく話題は順位のことだけ。

〝ずっと負けていたけど、やっとアンタに勝てた〟なら、強気で話しかけられる自信がある。それにはまず、宮崎に順位で勝たなくちゃいけない。

チャンスは残り三回だ。気合いを入れて、宮崎より努力しよう。

そう決意した矢先。事件は起きた。

一学期の体育には、水泳の授業がある。同じ学年の三クラスが合同で、俺と宮崎も一緒だった。体育の時は髪を結んでいるから、いつもより宮崎の顔がよく見える。

その日宮崎は、体調が悪いのかいつも以上に顔色が悪かった。それなのに、彼女は見学しないで授業を受けるようだった。ただでさえ体力がないのに、そんな状態で泳いだら溺れるんじゃないか。俺は、彼女から目が離せなかった。

そして、悪い予感は的中。泳いでいた宮崎は、よりによって一番深いところで溺れた。体育の教師はまだ気付いていない。その瞬間、俺はプールに飛び込んでいた。無我夢中で水を掻き、溺れる宮崎のもとまで行く。そして、沈んでは浮くを繰り返す身体をなんとか抱えて、俺はプールサイドまで泳いだ。

気付いて駆け付けた体育教師に、宮崎を引き上げるのを手伝ってもらう。

プールから上がってすぐに宮崎の顔を覗けば、宮崎は飲んでしまった水を吐き出していた。

よかった、生きてる。でもまだ安心できなくて、俺は救急車が来るまで何度も何度も宮崎に声をかけた。幸い病院に運ばれた宮崎は、三日もすると登校してきた。その元気そうな姿に、俺は机に突《つっ》っ伏《ぷ》してホッとしたのだった。

それからすぐに、期末試験が始まる。その結果は——また負けた。

祖父に順位を報告したついでに、プールでのことを話したら。

「漆ってバカだったんだね？　助けたのはお前なんだから、体調は大丈夫かって訊けばよかったのに。〝勝てたら話しかける〟？　ああわかった、漆は流行《はや》りのヘタレなんだね！　まったく、性格はアレだけど、イケメンなんだから人工呼吸でもして唇奪っちゃえば一発で落とせただろうに。そんなんじゃ、いくらチャンスがあっても逃しまくってしまうよ？　相手に気付いてもらえなければ、どんな恋も報われないからね」

爽やかな笑顔でチクチク痛いところを突かれて、俺はまた頭を抱えて俯《うつむ》いた。

助けたことを自分から言うなんて、なんか恩着せがましくてできなかった。それじゃなくても、クラスメイト達には、ヒーローだなんだってからかわれていたし、言えなかった。

祖父の言う通り、俺はヘタレなのかもしれない……

そんな中、三年の二学期にチャンスとやらがきた。

仕事を終えて生徒会室から出て帰ろうとしたら、扉を開けて彼女が入ってきた。

「猫塚美空君と猫塚美海君の推薦者を務めることになりました。宮崎音恋です」

中等部の生徒会室を宮崎音恋が訪ねてきて、会長である俺に挨拶してきた。

来年は会長と副会長をやらなければならない猫塚達が、人見知りを理由に首を縦に振らないため、またもや宮崎が説得に引っ張り出されたようだ。会長と副会長に立候補する代わりに、宮崎が推薦者となり彼らをサポートする、という条件で決まったらしい。よくやった、ちびども。俺は内心で感謝した。

宮崎は初めて会った時と、あまり身長は変わっていないようだったが、髪はかなり伸びて腰に達している。無表情なのは相変わらずで、切り揃えられた前髪の下にある大きな瞳に俺を映していた。

こうして間近で見ると、宮崎は可愛い顔をしている。きっと笑ったら、すっげー可愛いんだろうな……と俺は一瞬見惚れてしまった。変に思われる前に、俺も慌てて挨拶をする。

「あ、生徒会会長の黒巣漆、です。よろしく」

こうして話すのは二度目だが、初めてのように名乗られた。前に話したこと、忘れられてるのか……。そう思ったら、ちょっとムカついた。

「推薦文の書き方をアドバイスしてほしくて来ました。生徒会顧問の先生に、アドバイスは会長や副会長選挙の経験者に頼んだらいいと伺いました。ですが、もしお忙しいようなら他を当たります。……黒巣会長？」

鈴みたいにか細く高い声で静かに問う宮崎が、俺の名前を呼ぶ。その瞬間、ギュ、と胸の奥が締め付けられた。

やべ、名前を呼ばれただけで嬉しい。しかも俺、頼られてる。

顧問、よくやった。またも内心で感謝する。

「別に。それぐらいの時間はあるから、アドバイスしてもいいけど？」

嬉しい気持ちを表に出さないようにとか、顔がニヤけないようにとか、色々バレないように必死になってたら、思った以上に素っ気ない態度になってしまって、内心で焦る。

「ありがとうございます」

だけど、宮崎は気にした様子もなく頭を下げる。頭を上げるとじっと俺を見上げてきた。

今度は感じ良くを心掛けて、でもニヤけないように無表情を保った。

あれ、無表情で感じ良くってできんのか？　もう俺はパニックだった。

「あー……そこの席、座って。資料出すから、それを参考にして書いていこうぜ。二人分だし、俺も手伝ってやるよ」

「いえ、私の仕事ですので」

「……あっそ」

ちょうど生徒会室は俺と宮崎だけ。副会長のルイと他の役員はすでに帰っていた。

俺は猫塚達の席に座るよう指示をしてから、過去の推薦文を探した。

やっとの思いで手伝うと言ったのに、断られてしまう。しかもなんか、距離感のある固い口調。

ドキドキとモヤモヤで、なんともいえない気分になりつつ、俺は宮崎と椅子を並べて座った。

「今回の生徒会選挙は、猫塚達以外に立候補がいないから、形だけの演説になる。内容は適当でオッケーだと思う」

「はい。猫塚君達の人柄と学園を思う気持ちを適当にまとめておきます。問題は彼らが演説できるかどうかなんです。同じ生徒会役員なら彼らの極度の人見知りをご存じでしょう？　そこのところ、ぜひ経験者の黒巣会長からコツを教えてあげてください」

宮崎は参考の推薦文を一つ一つ読み始めた。真面目な性格だからああ言ってもテキトーに書いたりしないんだろうな。それに、きっと以前の推薦文をパクるって発想もないだろう。

だからこそ、時間がかかってこうして一緒に居られるんだけど。真横にいる俺からは、長い髪に遮《さえぎ》られて宮崎の顔がよく見えない。

「……一つ訊いていい？」

「はい？」

「なんでそんなに固い口調なの。会長って言っても俺達タメだろ」

「……」

そう言うと、宮崎は顔を上げた。俺を見て目を丸めている。

「……そういえば、同級生でしたね」

……俺のこと本当に眼中になかったのかよ。なんつー苛つく女だ。

「去年の貴方の演説、大人びていて素敵だったから、同級生だってつい忘れてました」

「……………あっそ」

なんだ、ちゃんと視界に入ってたのか。

思わずニヤけそうになったから、頬杖をついて口元を手で隠す。

「あれは会長経験者の祖父にアドバイス貰ったから」

「演説の仕方もとても上手くて、惹き付けられました」

「褒めなくていいから、そのかったーい敬語やめろ」

ニヤけないように心掛けたら、また素っ気ない口調になってしまった。でも宮崎は今回も気にした様子はなく、作業を続けている。

静まり返る生徒会室。お互いに沈黙していも、不思議と気まずい感じがしない。宮崎が物静かな雰囲気の持ち主だからだろうか。

俺はこっそり隣を窺《うかが》う。机に向かう宮崎の髪が垂れて、彼女の顔が見えない。もう一度こっちを向いてほしくて、俺は話題を探した。少し話すことができたから、一歩前進だろう。

宮崎の作業が終わったら、〝お疲れ、頑張ったじゃん〟って言う。

さりげなく、頭を撫《な》でて。これからも自然に話せるように、なるべくここで親しくなろう。

楽しい話題、出てこい。必死に探していたら、宮崎は隣で推薦文を書き始めた。

シャーペンを持つ手が白くて小さい。白いカーディガンの袖から出た指先は細くて更に小さく見えた。いつの間にか俺は、話題探しを忘れてその手に見入ってしまっていた。

すると宮崎は手元に落ちた髪が邪魔になったのか、その細い指先で髪を耳にかける。おかげで宮崎の横顔がよく見えた。

長い睫毛《まつげ》の下にある大きくて黒い瞳と白い肌をした横顔に、見惚れる。

この距離――近い。

俺はこの距離で、宮崎の努力を見守って、〝よく頑張ったな〟って笑いかけられる存在になりたい。お互いに関心のない希薄な関係じゃなくて、コイツを理解できる存在になれるだろうか。いや、なりたいんだ。

そう思ったら、手を伸ばして彼女の頭を撫でたくなった。うわ、なんか変態っぽい。

恥ずかしいと思いつつも、触りたいって願望が拭《ぬぐ》えなかった。俺は宮崎に触らないように、自分の頭を抱えるようにして机の上に肘をついた。

「時間がかかりそうだから、先に帰ってもいいよ」

動いたことで宮崎の目がこちらを向く。俺は慌てて顔を逸《そ》らした。タメ口だ。

「……見てやるって言ったじゃん。終わるまで待ってる。……アンタこそ時間平気？」

「今日は迎えが遅いから、大丈夫」

「へー……迎えは何時？」

「六時」

「ふーん……それまでには終わらせろよ」

「うん」

時刻は四時半過ぎ。六時まであと一時間半は、宮崎と居られる。自然と口元が緩《ゆる》んだ。

ただ隣に居るだけなのに、フワフワと足が浮いているような感じ。

たぶんこれ、幸せって言うんだろうな。

好きって、こういうこと。

手を動かし始めた宮崎の横顔を、盗み見る。絶対に俺と同じ気分じゃないのはわかっている。それがなんだかムカつく。

宮崎にとって、俺はあのクラスメイト達と一緒で、遠い存在。近付くことを望まない、どうでもいい存在だろう。どうすれば、宮崎に近付けるんだろう。

どうすれば、宮崎を俺と同じ気分にさせられる？

どうすれば、俺を好きになってもらえるのだろう。

直接、問いたくなった。でもきっと答えは出ないだろう。宮崎だって、その答えを知らない。

「……？」

視線に気付いた宮崎が俺を見る。今度は逸《そ》らすことを忘れてしまったから、見つめ合った。

ドクン、ドクン、と鼓動が煩《うるさ》い。顔が熱くなって、真っ赤になるのがわかった。

あ、ヤバイ。

バレる。俺の気持ちが――バレてしまう。

「――寒いね」

「……っは？」

「寒い」

俺から目を逸らした宮崎は、自分の手に息を吹き掛けた。俺は暑い。アンタのせいで。

確かにもうすぐ秋が終わる時季だから寒い。俺は今日、マフラーをつけて登校したくらいだ。

いや、そんな話じゃないだろ。

宮崎に、俺の気持ちは微塵《みじん》も伝わらないのかよ！　ああっ苛つく!!

午後六時になると、辺りはすっかり暗くなっていた。防寒が足りないせいか、真冬の気温のように感じた。息を吐くと白くなって、それが夜の中に消えていく。

……結局、頭を撫《な》でるどころか、雑談することもなく終わった。

赤いマフラーを首に巻き付けた宮崎の背中を睨《にら》み付けて、俺は叫びたいのをグッと堪《こら》える。

「……あ、雪」

「！」

宮崎のか細い声が聞こえて顔を上げると、真っ黒い空からひらひらと白い羽根みたいに雪が降ってきた。いくら寒くても雪降るの早すぎだろ。

「……羽根みたいで綺麗」

そう宮崎が呟く。俺と同じことを思っていたことに驚いて彼女を見ると、宮崎は大きな黒い瞳を見開いて真上を見ていた。

校門前の外灯の光が黒い瞳に映り込んで、星を散りばめたみたいにキラキラしている。

「あぁ……キレー」

思わず口から零《こぼ》れた言葉。俺は慌てて口を押さえる。けれど宮崎は、それが自分自身に言われたとは思っていないようでただ頷いた。宮崎は今、夜の雪に夢中だ。

あぶねー、なに恥ずかしいこと言ってんだ。

「幻想的で、素敵……」

真上を見上げているから、宮崎の顔がよく見える。俺も、雪の舞い降りる夜空をもう一度見上げた。黒い夜空に白い雪が次から次へと現れては消えていく。まるで祖父の白い羽根にも思えた。これはすぐに雨に変わるな、と頭の片隅で思いながら宮崎の横顔を見る。

宮崎は、この光景を記憶に刻むだろう。けれど、隣に俺がいたことはきっと残らない。

クラスが変われば喋らなくなる友達と一緒だ。

それが悔しくて堪《たま》らない。

こっち向けよ。俺を見てよ。

そう思っても、彼女には伝わらない。

手を伸ばして、振り向かせたい。こっちを向いて。

そしたら、この雪みたいに消えない、俺の気持ちを伝えるから。

俺は、宮崎の左手に、ゆっくりと手を伸ばした。

キィイイン!

その時、急ブレーキと共に校門前に車が止まって、俺はバッと手を引っ込める。

「今日はありがとう。じゃあ」

あの車は、宮崎の迎えらしい。彼女は軽く俺に頭を下げると、小走りで車に向かい後部座席に乗り込んだ。

運転席に父親らしき男の人が乗っていて、俺を凝視している。居心地悪い視線に固まっていると、男の人はニコッと笑って会釈《えしゃく》した。そうして車は俺を置き去りにして走り去る。

俺は校門前で一人、白いため息を吐いた。

宮崎がいなくなった途端、雪は大粒の雨になって俺に降り注《そそ》いだ。

その日の寒気《かんき》のせいか、宮崎は体調を崩し数日休んだ。そのあと、登校した彼女は淡々と推薦者の役割をこなし、選挙は無事終わった。選挙期間中、一緒にいたけれど、結局そのあとは話す機会もなく、以前と変わらない状態のまま二学期の期末試験を迎えた。

部活のない三年生が、こぞって順位を上げたから、俺も宮崎も十位以内には入れなかった。それでも宮崎は十二位で、俺は十三位。また負けだ。


「いい加減、友達になってと言えばいいじゃないか。もしくは恋人になってと当たって砕ければいいだろう。楽になる」

順位と一緒に雪の日のことを報告したら、祖父に笑顔で言われた。なんで失恋する前提なんだ。傷付くんだけど。

「僕としては同級生っていう接点だけでも十分だと思う。それとも今時の子は大層な理由がなければ、隣のクラスの好きな子に話しかけることもできないのかい？　もう当たって砕けてしまったら？」

「だからなんで砕ける前提なんだよ⁉」

「お？　孫が遊びに来てたのか、大きくなったなぁ」

俺が叫んだ時、理事長室に白衣の男が入ってきた。笹川仁。漆黒鴉学園の養護教諭で、祖父の協力者でもある元最強のハンターだ。

現役の頃から祖父とは仲が良いから、俺も小さい頃から会っている。

「ちょうど良かった、仁君。君は孫くらいの年の女の子をいつもたぶらかしているじゃないか。孫にその口説き方を教えてやってくれないかい？」

「やめんか、俺が生徒をたぶらかしているような誤解を受ける言い方は」

笑顔で悪気のない毒を吐く祖父に、苦笑しながら反論する笹川仁は書類らしきものを渡す。

こうして並ぶと二人は同年代に見えるけど、祖父の方がかなり歳上なんだよな。

「なんだ？　漆坊、恋か？」

「そんなんじゃないですよっ！」

強く否定して祖父を睨《にら》み、〝言うなよ〟と釘を刺した。

来年は高等部に入学するんだ。片想いの相手を知られるのはごめんだ。

「ははは、いいねぇ、若いって。そんな焦んなくても、青春はこれからなんだ。失敗も楽しめよ」

笹川仁は笑って俺の頭に手を伸ばし、がしがしと頭を撫《な》でた。

「そうかな？　学生時代なんてあっという間じゃないかい？」

「若い時は一年すら長いもんさ」

「そうだったっけ？　僕もオッサンになっちゃったってことか。仁君もね」

「ははは、一言余計だ」

「……」

頬杖をついて祖父達のやり取りを聞きながら、俺は来年のことを考える。高等部では同じクラスになれるかなとか、来年の今頃は親しくなれているかななんて、想像しただけで幸せな気持ちになった。

青春はこれから。この先も、この恋を続けていけると信じていた。

そして、新たな期待に胸を弾ませた高校の入学式の直前。

神様は俺に残酷な現実を突き付けて、思い描いた未来も、この想いも――――ぶち壊した。

十一話　反対言葉　～黒巣漆～

四月、通い慣れた高等部の門を通り、俺は貼り出されたクラス表を見るため走っていた。

その時だ。俺の視界が一瞬にして、真っ白に変わる。

「!?」

白い空間に佇《たたず》む俺の前に、見たこともないモンスターがいた。頭はコブラのようで、目が三つある。長い首は青く、翼があって全身が青黒い。まるでドラゴンのようだと思った。

そのモンスターは神様だと名乗った。鴉天狗《からすてんぐ》の俺に頼みたいことがあると言う。

鴉は神様の使い。どこかで聞いたことのある話だった。

神様の頼みたいこととは――宮崎音恋のことだった。

そうして俺は、この世界が宮崎音恋のために、シヴァを名乗る神様が作り上げた世界だということを知った。

この世界は、病弱で高校も卒業できずに死んだ少女へのご褒美。

病弱ながら自分らしく必死に生きた少女に感銘を受けた神様が、少女が好きだった乙女ゲームの世界を一から作ってそこに少女を転生させた。その少女こそ宮崎音恋だ。

漆黒鴉学園高等部はそのゲームの舞台なのだと言う。

神様は、ゲームのハッピーエンドに強い憧れを抱いていた彼女に、乙女ゲームの攻略対象者とのラブロマンスを楽しんで、幸せになってほしいと言った。

そのため、彼女は前世の記憶を思い出せるらしい。ゲームのシナリオ（未来）を知っているならば、攻略対象者を射止めることなど容易《たやす》くできる。

そして、その攻略対象は——俺を含めた漆黒鴉学園の生徒会メンバーと風紀委員だった。

俺はゲームのシナリオを大まかに聞かされたけれど、あまり頭に入らなかった。

もとの場所に戻った俺は、宮崎を探した。宮崎に直接会って、確かめたかったんだ。

宮崎音恋に抱く、俺の想いを……確かめたかった。

入学式のあと、生徒達が行き交う渡り廊下で待っていると、宮崎音恋をすぐに見つけた。

神様が話していたシナリオ通り、彼女の隣にはゲームヒロインだという姫宮桜子がいて、俺は二人から目を背けた。

本当にここは、ゲームの世界なのか……

俺は顔を伏せて、心の中で宮崎が声をかけてくれること願った。

こっち向けよ。俺を見てよ。

振り向いて。

俺を見てくれよ。

けれど、宮崎は俺の前を通り過ぎてしまった。

期待と希望で膨らんでいた胸が――引き裂かれるように痛む。

ああそうか――すべては仕組まれていたことなのか。

俺が宮崎音恋に惹かれるのは、決まっていたこと。

この想いを抱くことは、初めから決まっていたんだ。

中等部一年の三学期。あの時、宮崎音恋と出会わなくても。三年の二学期、一緒に夜の雪を見なくても。彼女への想いは、必然的に抱くものだった。

宮崎音恋は、いとも簡単に俺の心を奪うことができるんだ。神様に贔屓《ひいき》された、彼女だけが持つ力。俺はまんまとそれに引っかかったに過ぎない。

〝前世の記憶を持つ宮崎音恋〟の言動の影響だ。俺は攻略対象者の誰よりも早く、その影響を受けてしまっただけ。

この想いは――純粋なものなんかじゃなかった。

宮崎音恋の近くにいる鴉天狗《からすてんぐ》に神様が頼んだことは、彼女の手助け。神様の望みは、宮崎音恋と攻略対象者とのハッピーエンド。

彼女を幸せにするのは、俺じゃなくてもいいのか。彼女を幸せにできる相手も、俺以外にたくさんいるんだ。

倒れてしまいたい気分のまま、俺は神様の頼みを引き受け宮崎を見守った。

入学式の直後、前世の記憶が甦《よみがえ》ったはずの宮崎音恋に、変わった様子はなかった。

この世界がゲームと同じだと、あっさり受け入れた様子だった。

いや、むしろ喜んでいるのかもしれない。ここは彼女が好きだったゲームの舞台なのだ。

ゲームの主人公ポジションじゃなくても、彼女は簡単に攻略対象者の気を引く方法を知っているのだから。

見ていると、宮崎音恋はシナリオ通り、ゲームのヒロイン姫宮桜子と友達になった。

一見、中等部と同じような友人関係に見えたが、少し違っていた。宮崎音恋も姫宮桜子も、互いに興味を示していた。それも神様の与えたオプションの影響だろうか。姫宮桜子の懐き方が猫塚達の態度を彷彿《ほうふつ》とさせた。

宮崎音恋の方にも、姫宮桜子を気遣うような行動が見られた。それは姫宮桜子が隣にいる時だけに見られる行動だった。ある日、姫宮桜子のグループと宮崎音恋が、庭園で昼食をとっていた。姫宮達が談笑している横で、自分のものではないゴミを黙々と拾い集める宮崎がいた。それは中等部の頃と変わらない。マイペースで、誰も見ていないところで良い行いをしている宮崎音恋だった。

屋上からそれを見て、俺は思わず笑ってしまった。笑ったあと、悲しくなった。

俺の知る宮崎がそこにいることが、苦しかった。

ああ、なんでだ。もっと幻滅させろよ。幻滅させてくれよ。

じゃないと、この胸にこびりついた気持ちが消えていかないんだ。

さっさと攻略対象者の心を奪って、ラブロマンスを始めればいいのに。そうすれば、そんな宮崎音恋を見た俺は幻滅して、完全にあの恋をなかったことにできるのに。

あれは恋じゃなかった。俺は宮崎を好きじゃない。好きじゃなかった。嫌いだ。嫌いなんだ。

自分に嘘を言い聞かせた。

嘘はいつか——現実になるから。


しかし宮崎音恋は、ゲームのハッピーエンドを望まないようだった。

本来のヒロインである姫宮桜子のために、あえて自分は攻略対象者と関わらないようにしている。

姫宮桜子は宮崎音恋がハッピーエンドを迎えるための障害でしかない。それなのに、彼女は姫宮を親友と認識したようだった。

俺は、姫宮桜子に——妬《や》いた。

出会ったばかりのくせに、なんで、そんなあっさり宮崎の大事な存在になるんだよ。

姫宮桜子が宮崎の大事な親友となり、大きな障害になってしまった。

俺は宮崎がハッピーエンドを迎えるまで見届ける。ただそれだけでよかったのに、宮崎は自分から幸せになろうとしない。進んで独りを選ぶ。なんて苛つく女なんだ。

とはいえ、宮崎音恋に惹かれた者は、気持ち悪いほどたくさんいた。

攻略対象である生徒会のほとんどがそうだ。

なのに、宮崎音恋は、幸せになる方法を知っていながら、幸せになろうとしない。

だから、俺は手助けをすることにした。

神様から許可を得て、祖父にも事情を話して協力してもらうことにした。祖父まで巻き込んでしまうことに躊躇《ちゅうちょ》したけれど、学園のためでもあるから、ちゃんと話した。元々俺の異変に気付いていた祖父は、案外あっさり受け入れてくれた。

それから、俺を気遣うように優しい眼差しで見てきた。

「漆が彼女を幸せにする選択肢はないのかい?」

理事長室の大きな窓を背にして椅子に座る祖父が、立っている俺を見上げて問う。言うと思った。

「好きだろ、彼女のこと」

「違う、好きじゃない」

好きだよ。

「好きだと認めたはずだ」

「違う。好きなんかじゃなかったんだ」

好きだった。

「嘘をついてはいけない」

「いいんだよっ!!　嘘も言い続ければ本当になるんだからっ!!」

今でも好きだ。好きだから、幸せになってほしい。

でも、俺自身が幸せにしたいとは思っていないんだよ。俺じゃなくても、誰かが宮崎を幸せにできるんだ。今の俺は、純粋に宮崎を好きだなんて言えない。今はもう、苦しいだけだ。好きじゃない。嫌いだ。そう言い続けていればいい。そうすれば、いつか本当になる。宮崎が他の誰かと幸せになれば、俺のこんな気持ちは消えてなくなる。

「そうか……。漆がそうしたいなら、そういうことにしよう」

祖父はただ優しく微笑《ほほえ》んだ。

「でもね、漆。恋の持続期間は三年らしい。三年が経つ前にまた恋をするんだって。君が彼女にまた恋をしても、いいんじゃないのかい？」

また……恋……

「……試験結果」

高等部一年目の中間試験の結果は、俺が六位で宮崎が一位。

「……ずっと隣にいたのに、記憶を取り戻した途端、差が広がった。広がった差が、俺と宮崎との距離なんだよ」

俺には近付けられない。離れていく一方だ。うんと、遠くなった。

「神様に頼まれた通り、宮崎をハッピーエンドに導く。一年経てば終わりだ」

「彼女とは無関係になる？　最初から何もなかったみたいに？」

「……うん」

祖父と目を合わせられなくて、視線を落とす。俺の虚勢に気付いてもそのまま見逃して。

言い続ければ、きっと事実になるんだ。宮崎の隣に誰かがいる頃には、宮崎が幸せに笑える頃には、この胸の痛みもなくなってるはずだ。

その頃には何もかも、なかったことにできるはずだから――


それなのに、宮崎は前世の死の記憶を思い出して苦しみ、学園からの転校を決意した。

俺に非がないとは言えなかった。好ましくない選択をする宮崎を、舞台の真ん中に行かせようとして、苦しめてしまった。なにをどうして転校を決めたか、よくわからなかったけれど、俺の言葉が引き金になったのはわかった。

宮崎が行ってしまう。行ってしまう。俺の目の届かない場所へ。

独りになりに行こうとしてしまう。

駄目だ、行くな、行っちゃ駄目だ。

アンタが変わるチャンスなんだ。幸せになれるチャンスなんだ。

ごめん、ごめん。もう嫉妬して姫宮と友達やめろなんて言わないから。

頼むから、行かないで。

ここから離れても、独りじゃ幸せになんかなれねーよ。ずっと独りぼっちのままだ。

頼むから、泣きそうな横顔を俺の記憶に刻んで、いなくなるなよ。

せめて幸せになって、笑ってくれよ。

お願いだから。お願いだから、神様。シヴァ様、どうか彼女を止めてください。俺にはどうすればいいのかわからない。だから、どうか彼女を止めてください。シヴァ様。

「シヴァは忙しいのに……仕方ないな」

俺の願いは届いて、目の前にシヴァ様が現れた。

青い髪の人間の姿をしたシヴァ様は、しゃがんで俺に笑いかける。

「君がプリンのお礼と、さっきの言葉の謝罪を言えるなら、必ず彼女を引き留めてあげよう」

謝るよ。謝る。なんだってする。彼女を引き留めてくれるなら――


そう約束したけれど、俺は上手く謝れなかった。

ちゃんと謝ることもできないなんて、俺、サイテーだな。

気付けば、雨が降り出した。

どんよりした灰色の雲から、無数の大粒の雫《しずく》が降り注《そそ》ぐ。

仰向けになっていた俺は、あっという間にびしょ濡れになった。

降り注ぐ雨を見ていたら、あの日見上げた夜の雪を思い出した。

あの雪がもう一度見たい。

あの日に、戻りたい。

宮崎がすぐ近くにいたあの時に、戻りたい。

手を掴んで、振り向かせて、俺の気持ちを伝えたい。好きだって、伝えたかった。

頭を撫《な》でて〝よく頑張ったな〟って笑いかければよかった。あの時、伝えてしまえばよかった。

当たって砕けてしまえば、今こんなにも苦しくなかっただろう。

もっと俺が努力していれば、もしかしたらこんな未来にならなかったかもしれない。俺が宮崎を笑わせることができたら、宮崎が前世を思い出して苦しむこともなかったかもしれない。

俺があの日手を掴んでいたら、こんなことにならなかったかもしれない。

「……っ！」

限界がきて、俺は初めて涙を零《こぼ》した。宮崎に聞こえないように声を押し殺して泣いた。どしゃ降りの雨の中、バカみたいに号泣した。

思い返せば、俺はなんの努力もしてない。全然努力が足りなかった。

こんな俺は、宮崎には相応《ふさわ》しくない。宮崎を幸せにはできない。

でも、幸せにしたかった。俺の手で。あの頭を撫《な》でて、幸せそうに笑ってほしかった。

初めて言葉を交わした日、一緒に見たあのカップルみたいに。ただ、幸せになってほしいんだ。

あの日からずっと。ずっと。ずっと、それだけを願っていたんだ。

ふと雨が止んでいた。

見上げると、窓からシヴァ様が顔を出して、俺に向かって微笑《ほほえ》んでいる。説得が成功した。そういう意味だと受け取り、安堵して深く息を吐いた。

次の瞬間、俺の頭上にシヴァ様が立っていた。今さら無駄だけれど濡れた顔を袖で拭《ぬぐ》う。

心の声が聞こえる神様から、必死に隠そうとしたけれど、やっぱり無理だったらしい。

「夏休みが終わるまで学園に居てくれるって。それまで考えてもらうことにしたよ」

「……それで、転校を選んだら見送るんですか？　ハッピーエンドも迎えさせずに？」

「それは君達の頑張り次第だ。夏休みには彼女が強い思い入れを持つイベントがある。君は彼女の記憶に強く刻まれるくらい楽しませることだけを考えて。妨害じゃなくてね」

妨害じゃなく、楽しませる……。楽しませるって、どうやって。

「笑わせる努力をすればいい」

ひどいことを言う神様だ。努力が足りなかった俺に、今から努力をしろって？

「幸せにしたいなら、これがラストチャンスだ。ごめんね。シヴァは知らなかったんだ。まさか君がもう彼女を好きだったなんて、知らなかったんだ。君に話している最中に気付いた。本当にごめんね、混乱させてしまって」

「違う、好きだったわけじゃない」

「嘘だ。君は彼女が好きだ。そして今でも好きで好きでしょうがない。だからこそ、幸せにしたいと思ってる」

「好きじゃない。好きなんかじゃない。嫌いなんだ。嫌いだ」

「今でも好きだ。その事実は反対の言葉を言い続けても変わらない」

「嫌いだ。嫌い。嫌いになる」

「その言葉も空虚だ」

また泣きそうになって、俺は掌で目を塞《ふさ》ぐ。

「すべては選択次第。その恋を終わらせたくないなら、彼女を独りにしなければいい。たくさんの人で囲んであげればいい。残念ながらシヴァの世界の時間は巻き戻せないんだ。何度も〝あの日に戻れたら〟なんて考えるだけ無意味だ。〝反対言葉〟もね」

シヴァ様は、容赦なく現実を突き付ける。俺、アンタに嫌われてんの？

「ううん、君のことも応援しているよ。サポートを頼んだからって、君を候補から除外したわけじゃない。ずっと独りだった音恋を知っている君だからこそ、きっとハッピーエンドに導けるだろう。誰よりも長く、ずっと近くで見守っていた君が音恋とハッピーエンドを迎えてもいいんだ」

嫌いって、宮崎に言われたんだけど。大嫌いって。あれ、すんげぇ傷付いた。

「妨害する君が嫌なだけだ、あと君があまりにも本心を隠してしまうから。素直になればいいのさ。そうすれば君が彼女を理解するように、彼女が君を理解してくれる関係を築ける」

神様は俺の額に手を置くと、濡れた髪を乱すように撫《な》でた。

「君の胸にこびりついたものは、シヴァの与えた力で抱いた想いじゃない。ちゃんとわかっているだろう？　君達って似ているね、意地っ張り。また恋をすれば……ああ、君はもう」

「俺は」

と相手の言葉を遮《さえぎ》って、シヴァ様の手を退《ど》かす。

「俺はただ宮崎を幸せにしたいだけです」

俺のことはいいんだ。俺のことはいいから。

ただ宮崎音恋を幸せにしたい。彼女が俺のことを理解しなくてもいい。

俺のことは放っておいてください。

「君が彼女を一生幸せにしてあげるって選択肢だってある」

俺を見下ろしてくるシヴァ様は、最後にそう言って消えていなくなった。

「一生なんて……面倒みてらんねーし」

涙の零《こぼ》れそうな目を、再び塞《ふさ》いで俺は弱々しく吐き捨てる。

「嫌いだっつーの」

真っ暗な視界の中で、夜の雪を思い出す。

わかってる。もうあの日が戻らないことくらい。わかっているんだ。

「嫌い」

わかってる。この気持ちが本物だってことくらい。言われなくたって、わかってるよ。

「きらい」

わかってる。もうとっくに――また恋してることぐらい。わかってるんだよ。

「キライ」

それでも俺は、君の幸せを願って反対言葉を言い続けた。

第三章　演劇部

十二話　職員室

十分な睡眠がとれた私は、久しぶりに清々しい目覚めを迎えた。

シヴァ様は、本当にトラウマを取り除いてくれたのでしょうか。

ぐっすり眠れたことに感謝しつつベッドから出て、私は身支度を始めた。最後に髪を高い位置で一本に結んで、鏡に映る自分の姿を見る。

私は、これからどうするべきでしょうか。シヴァ様のせいで、私の中に夏休みのイベントへの期待感が芽生えてしまった。あの夏休みのイベントをサクラとともに経験できたら、どんなに楽しいだろうか。どんなに……幸せだろうか。

でも、そのイベントに参加するためには、私が学園の関係者になる必要がある。イベントに参加するのと引き換えに、私の望む平穏な人生が遠ざかってしまう。でも、それがわかっていても、イベントに参加したい気持ちがあった。

前世の私が、何度も思い描いた夢。病院のベッドにずっといた私には、夏休みを楽しむことはできなかった。だから、自分が大好きなゲームの中に入って、夏休みのそのイベントを楽しむことを想像していた。これは、その夢を叶えるチャンス。

神様が私に与えてくれたものが、どんなに得難いものかを改めて思い知った。

よく考えて答えを出さなくては、きっと一生後悔することになる。

こうして私が悩むことは、きっとシヴァ様の思惑通りなのだろう。そう思うと少し悔しいです。

私がラウンジに足を踏み入れると、すぐに桃塚先輩の後ろ姿を見付けた。いつもの壁際から二番目の席に座っている。近づくと、クルッと桃塚先輩が振り返った。私の顔を見るなり、にっこりと愛らしい笑みを浮かべる。

「おはよう、恋ちゃん」

「おはようございます」

「座って？　僕が朝食を取ってくるから」

優しい声を弾ませて、桃塚先輩は私を席に座らせて、朝ご飯を取りに行ってくれた。私は戻ってきた桃塚先輩にお礼を言って、一緒に朝食を食べ始めた。

「体調、大丈夫そうだね？」

「はい」

「今日は顔色もいいね。恋ちゃんが元気になって、よかった」

桃塚先輩とは、毎朝ここで朝食を一緒に取っている。だから、学年が違っても、桃塚先輩は昨日ラウンジに現れなかった私が休んだことを知っているようです。

そういえば、昨日は赤神先輩からも電話があったことを思い出す。彼は誰から聞いたのだろう。

桃塚先輩かサクラでしょうね。

　ヴィンス先生から離れた今、あの人の動向には注意すべきかもしれない。吸血鬼には暗示をかけて人を操る力がある。けれど吸血鬼自身にはその暗示は効かない。その血を体内に取り込んだ人間にも。

　今までは、ヴィンス先生の血入りのお弁当を食べていたけれど、もう違う。今の私には吸血鬼の暗示が効いてしまうのだ。

　赤神先輩には、毎日のように電話してくるほど、私に話したいことがあるようだから、そのうち直接話しに来るかもしれません。彼が暗示をかけてくるとは思わないけれど、気をつけなくては。

「桃塚先輩、好きな人ができたらどうしますか？」

「えっ⁉」

　質問が唐突すぎたのか、桃塚先輩が目を剥《む》く。

「好きな人ができたら、まずなにをしますか？」

「な、なんで……そんな質問を？」

「ただの興味本意です」

　恋愛フラグが立っていると思われる赤神先輩が、恋心を自覚して電話攻撃を始めたのかどうか、判断材料が欲しかっただけ。あわよくば赤神先輩と仲のいい桃塚先輩から聞き出せたらベスト。

　赤神先輩と最後に会った時、妙にぎらついた熱い目をしていたのが気に掛かる。

　桃塚先輩は深刻な顔をすると、椅子を引いて私に詰め寄ってきた。肩が触れそうな距離で、ずいっと顔を近付けてくる。

「す、好きな人が、できた、とかじゃないよね？　違うよね？」

近いです、桃塚先輩。

「違いますよ」

私がそう言うと、先輩は安堵したように胸を撫《な》で下ろした。

「そうだなぁ、僕は付き合い始めてから好きになったことばかりだからなぁ……。もし片想いなら、まずは挨拶から始めるかな」

「挨拶、ですか」

「うん。まずは親しくなるために〝毎日挨拶する〟から始めると思うよ」

内緒話をするように、肩の触れそうな距離で桃塚先輩は答えた。

挨拶から始めるか。赤神先輩が毎日挨拶してきたら、要注意ということですね。

すると桃塚先輩が自分の胸に手を当てた。

「好きな人ができたら、真っ先に教えてね？　これ、返すから」

苦笑にも似た笑みを浮かべて言われた言葉で思い出す。ペアリング。

「ネックレスにつけたのですか？」

「うん。あ、まだ話してなかったね。笹川先生にシルバーのネックレスを譲ってもらったんだぁ、えへへ」

そう言うと、桃塚先輩は嬉しそうに襟の中からネックレスを見せてくれた。

「じゃあバイトは辞めたのですか？」

「え？　辞めてないよ」

「？　ネックレスを買うためにバイトを続けていたのでは？」

「あぁ……今は他のものを買うために続けているんだ」

私から離れると、前を向いて桃塚先輩は笑って言った。買いたいものを買うためにバイトをする高校生。とてもできた人だと思いました。

「あ、そういえば、演劇部に見学に行く件はどうするの？　寧々《ねね》さん――お母さんに話してたよね。体調も良くなったみたいだし、そろそろ見学に行くの？」

いつものように淹れてもらったエスプレッソを飲んでゆっくりしていたら、桃塚先輩から部活のことを訊かれた。

「はい。今日にでも見学の許可を貰おうと思っています」

母から催促の電話がかかってくる前に見学に行くつもりだ。

「そっか。演劇部の顧問は三吉《みよし》先生だよ、優しい先生だよ」

笑顔で教えてくれると、桃塚先輩は両手に持ったマグカップからエスプレッソを一口飲んだ。

「そっかぁ……」

独り言のように呟くと、桃塚先輩はどこかを見つめながら考える素振りをした。けれどそれ以上はもう何も言わなかった。

朝のうちに職員室に行こうと思い立ち、私はサクラに先に行くことをメールで知らせて寮を出た。そこでふと立ち止まる。

彼を待とう。彼が登校するのはいつもこの時間帯のはずだ。そろそろ来るだろうと思い、私は寮の玄関で少し待つことにした。

予想通り彼はすぐ来たけれど、颯爽《さっそう》と私の前を通過してしまう。話があるのに。

私は大股で歩いていく彼を追って、目の前の三段の階段を飛び降りた。無事着地できたはいいけれど、よろめいてしまい、咄嗟《とっさ》に彼の腕を掴んだ。

途端にぎょっとした顔の黒巣くんが振り返る。

「おはよう、黒巣くん」

「お……おはよう？」

「昨日はありがとう」

「……は？」

何故か逃げ腰の黒巣くんに、私は簡潔に告げる。

「引き留めてくれてありがとう」

「…………」

黒巣くんは目を見開いた。それから困惑した顔を、無理やりしかめる。

「引き留めたのは、神様だろ。俺はなにも」

「シヴァ様を呼んだのは、君でしょ」

そう言うと、黒巣くんは黙った。

「……それで、なんでアンタが礼を言うんだよ」

それから、黒巣くんは怪訝そうに問う。

「あれは衝動に任せた決定だったから、考え直すチャンスを貰えた。もう少し、考えてみる。その機会をくれたのは君だから、ありがとうっていう意味」

ま、黒巣くんは、神様の頼み事が果たせなくなりそうだから報告しただけだと思うけど。

夏休みのイベントに参加するかどうかはまだ決めていない。けれど、あのまま転校していたら、参加すれば良かったときっと一生悔やんでいたかもしれない。

無頓着の私でも、それくらい思い入れのあるイベントなんだ。そのチャンスを間接的に与えてくれたのは、やっぱり黒巣くんだと思うから、とりあえずお礼を言ってみた。

黒巣くんは前を向いて、私から顔を逸《そ》らす。私からは完全に黒巣くんの顔が見えなくなった。

「神様に聞いた。夏休みまではいるんだって？」

「うん。それまで考えるつもり。妨害、やめてくれるんでしょ？」

「うん。やめろって言われたから、傍観しとく」

それを聞いて安心した。フラグ回避が幾分か楽になりますね。

それなら、イベントに参加してもフラグを気にせず楽しめるかもしれない。夏休みを待ち遠しく感じるなんて、やっぱりシヴァ様の思惑にどっぷり嵌まってしまったようです。

「……一昨日《おととい》話したこと」

「ん？」

黒巣くんが顔を少しだけ私に向けた。だらしなく立たせた襟で口元が隠れているので、やっぱり表情がよく見えない。漆黒の瞳は、じとっと私を見下ろしている。

「アンタの魅力はオプションじゃない」

神様に贔屓《ひいき》された故の魅力しかない——自分が一昨日《おととい》言ったことを思い出す。

「——って、神様が言ってた！」

プイッとまた黒巣くんは顔を逸《そ》らすと、放せと言わんばかりに私が掴んだままだった右腕を小さく振った。

「じゃあ、私の魅力って、なに？」

私は、つい黒巣くんに訊いてしまった。

吸血鬼や狼人間に興味を持たれた私の魅力って？

「……そ、存在、その、もの……？」

「……？」

背中を向けたまま、黒巣くんがゴニョゴニョと返答してきた。

今、存在そのものと言った？

かなり無理して言ったらしく、すぐに「知るかそんなの！」と吐き捨てると、今度こそ私の手を振りほどいた。

大股で歩き出す黒巣くんの後ろを歩く。彼の細くて長い足がちょっと憎たらしい。

距離がどんどん離れていくのを眺めていたら、黒巣くんが足を止めて振り返った。

「なんでついてくるんだよ？　……姫宮は？　ああ、絶交でも——いや、なんでもない」

睨《にら》むように見てきた黒巣くんは、いつもの皮肉を言いかけてやめる。

早速、転校宣言した効果でしょうか。

「桜子には先に行くって言った。職員室に用があるから」

「……あっそ」

なにかと気を遣っているように感じる。それが少しおかしく感じて笑ってしまいそう。

黒巣くんはまた背を向けると歩き出す。今度はさっきの大股と違い、私より遅いくらいのゆったりした歩調。

「演劇部だけどさ」

黒巣くんは振り返らないまま私に話しかけた。

「合うと思うぜ。裏方じゃなくって役者の方！」

開いていた距離が縮まって、あと少しで黒巣くんに並びそうというところで、急に黒巣くんが走り出した。そして、前方を歩く緑橋くんにラリアットを食らわせると、彼を引きずりながら連行していく。

それを見送り、私も校門を潜《くぐ》った。一昨日は柄じゃないと言っていたのに、昨日シヴァ様とした小芝居を見て意見が変わったみたい。

靴を履き替えると、私はそのまま職員室に直行。

ヴィンス先生の姿がないことを確認してから、ノックをして名乗る。

私はまず、整理整頓されたヴィンス先生の机の真ん中に、借りていた小説とチョコの箱を重ねて置いた。それから二年のクラスの担任で演劇部の顧問でもある三吉先生のもとへ向かう。

「演劇部を見学？　大歓迎よ。私から部長に伝えておくわ。……君は一年B組だったわね、なら木下《きのした》君と一緒に来るといいわ」

細い目をした物腰の柔らかい三吉先生から、見学の許可を貰った。そういえば、クラスメイトの木下くんは演劇部でした。彼に伝えて一緒に行けばいいのですね。

ゲームの宮崎音恋は、部活に所属していない。だからこれはシナリオにない選択だ。

ゲームと違って現実《リアル》には選択肢が無限にあって、その選択次第でゲームシナリオにない私の知らない未来に繋がる。

私が部活に入ることで、この世界にどんな影響を起こすかはわからない。でも攻略対象者に悪影響を与えることはないでしょう。

とはいえ、演劇部の見学に行く前に、私は体育と昼休みを乗り越えなければならないのですが。

体育は三時間目。体調も幾分かましになったので大丈夫でしょう。問題は昼休みだ。黒巣くんは妨害をしないと言ってくれたから心配はしていない。でも購買に買いに行けば、うざい先輩に捕まってしまう。それを避けるとお昼は抜きになってしまう。困った。昼休みは橙先輩に捕まるか、空腹になるかの二択です。ああ……風紀委員と過ごす選択もありますね。

「――――おはようございます」

賑やかだった教室に優美な声が響く。目を向ければ、見目麗《みめうるわ》しい担任教師。その青い瞳と目が合う。美しい微笑《ほほえ》みを浮かべているけれど、眼差しはどこか悲しげだ。

私はすぐに目を逸《そ》らして、窓を見つめた。ホームルームの間中、ただひたすら窓を見つめていた。

ヴィンス先生がその眼差しを私に向けなくなるのはいつだろう。今彼は、私の記憶を勝手に覗いたことへの罪悪感と、私からの拒絶に戸惑い、距離を置いている。

さっき、黒巣くんが言ってくれたように、私の魅力が存在そのものなら、距離を取っても彼の気持ちは変わらないのでしょうか。

どうすれば彼の気持ちを変えられるのでしょうか。

助言をくれそうなのは、黒巣くんと笹川先生。でもこれ以上黒巣くんの手を煩《わずら》わせては悪いから、笹川先生に相談してみよう。

昼休みは保健室へ、放課後は演劇部の部室へ、私はそう決めた。

考え事の間にホームルームは終わり、一時限目が始まる。今日はしっかり授業を受けた。休んでいて、わからなかった箇所は休み時間に先生に質問して教えてもらった。そうして何とか体育を含めた午前中の授業をクリアした私は、昼休みに入ってすぐに教室を出た。他の生徒も一斉に移動を始めて、廊下にガヤガヤとした話し声が響いている。私はそんな中、橙先輩がよく使う階段とは別の階段を使って階下に降りた。

するとそんな私に駆け寄ってくる足音がある。廊下を走ってはいけません。

すぐに後ろからポン、と肩に手を置かれた。振り返ると、そこにいたのはサクラだった。

「ネレン、私と一緒にランチしよう！」

にっこり、とサクラは笑いかけてきた。思わずぽかんとしてしまう。

学園の秘密を知ってしまったサクラは、生徒会メンバーと昼休みを過ごすことが決まっている。

だからてっきり、食堂に誘われているのかと思った。

「……ごめん、私は食堂には行かないから」

「食堂には行かないよ」

「……じゃあ、どこに？」

「中庭！」

「食堂に行かないで、食べるものはどうするの？」

私の手を取って先に階段を降りていくサクラは手ぶらだ。

「うふふー、サプライズ！」

サクラはにやける口元を隠しながらそう言って、階段を飛び降りた。手を引かれていた私は、その動きについていけなくて、勢いのまま階段から転落しそうになった。

またもや、私は覚悟を決めて目を閉じるが、下にいた誰かが受け止めてくれる。おかげで私は、最後の段で立ち止まることができた。

「大丈夫？　お姫様」

顔を上げれば、爽やかな笑みを浮かべる草薙先輩。天然たらし王子の草薙先輩らしい発言だった。

「ごめんねネレン！　あたしが急に引っ張ったせいで」

「大丈夫、草薙先輩のおかげで怪我もないから。ありがとうございます」

心配するサクラに答えてから、私は草薙先輩にお礼を言う。すると、にこりと笑顔を返された。

そんな草薙先輩は、抱きとめた状態の私から手を離そうとしない。

私より一段下にいるのに私より背が高い。そんな草薙先輩と向かい合い、まるで抱き締められているような格好だ。何故こんな体勢のままでいるのかと疑問に思っていると、急に抱き上げられた。

いわゆるお姫様抱っこだ。

その途端、「きゃあ！」とサクラは目を輝かせた。赤くなる頬を両手で押さえるサクラを見て、彼女が草薙先輩が私を好きだと勘違いしていたことを思い出す。

「せっかくだから、このまま運ぶな」

「いえ、降ろしてください。……運ぶってどこへ？」

「あれ？　姫宮から聞いてない？　中庭でランチしようって誘ったんだけど」

「サプラーイズ！」

サクラが満面の笑みで両腕を広げた。一昨日《おととい》から草薙先輩にランチに誘われていたらしい。

これがサクラの言うサプライズ。きっと、私とくっつけるチャンスだと思ったのに違いない。

私の恋愛より、自分の恋愛について考えてほしい。親友の私を想ってくれてるのは嬉しいけれど、このままでは彼女自身の恋愛が疎《おろそ》かになってしまう。

私は、サクラにこそゲームのような恋愛をしてほしいのですが……

草薙先輩の誘いは、恐らくヴィンス先生の差し金でしょう。一向に変わらないヴィンス先生の干涉に、私は途方に暮れてしまう。

「あれ……やだ？　姫宮と一緒なら喜んでくれると思ったのにな」

その顔を見た草薙先輩が少し悲しげな表情をする。

「そうではないです。とりあえず降ろしてください」

「なんで？　お姫様抱っこされるのは慣れてるだろ？」

「……今は必要ありませんよ」

ヴィンス先生にお姫様抱っこされたのは歩けないほど体調が悪かったからだ。

「宮崎は病み上がりじゃん？　心配になるくらい軽いし、おれにも運ばせて」

ひょいっと草薙先輩が私の身体を揺らして重さを確かめた。

「そうしてもらいなよ！　ね、ネレン！」

サクラが勢いよく賛成する。携帯電話を取り出して記念に写メするとまで言い出した。

「大丈夫ですから。やめて」

と私は断ってから、阻止する。

すると、草薙先輩とサクラが、まるで子犬がおねだりするみたいに私を見つめてきた。その目には弱い。特にサクラの眼差しにはとっても弱い。

きっと、サクラからその目で見つめられ、関係者になってと言われたら迷わず頷いてしまうくらい弱い。

結局私は、中庭のベンチまで草薙先輩にお姫様抱っこで運ばれた。

「宮崎。ほれ、お好み焼きそばパン」

ベンチに座った私に、草薙先輩がお好み焼きそばパンを差し出してくる。

予想が外れました。てっきりヴィンス先生のお弁当が待ち構えているものかと。

「……そういえば、なぜ今日は屋上じゃないのですか？」

「んー、一応立ち入り禁止になっている場所に、一般生徒を出入りさせちゃまずいから」

草薙先輩は笑って言った。

現在立ち入り禁止の屋上を一般生徒が利用しないように、風紀委員が見張っている。

その屋上に一般生徒の出入りを許したとなると、色々苦情がくるかもしれない。それを避けるためでしょう。

「草薙先輩は屋上の見張りをしなくていいのですか？」

「見張りは足りてるから平気。おれは宮崎がちゃんと昼飯を食べるのを見張る担当」

先にベンチに座っていたサクラに促されて、草薙先輩は私の隣に座った。ちょうど私が、サクラと草薙先輩に挟まれる形だ。

「ヴィンス先生に頼まれたんですか？」

「あと笹川先生な。竹丸先輩達からも。体育祭の練習があるんだし、ちゃんと食わないと倒れちまうぜ？　ただでさえ宮崎の食事は少量なんだし」

色んな人達に、心配を掛けているようです。

草薙先輩の視線が膝に置いたお好み焼きそばパンに向けられる。

私は、昼食はこれ一つで足りる。ヴィンス先生のお弁当も私が食べきれるくらい少量だった。左隣にいるサクラの膝にはハンバーグのお弁当。右隣の草薙先輩の膝にはサクラと同じハンバーグのお弁当とサンドイッチ。

「そうそう！　ネレンは少食なんです！　でもチーズケーキは別腹でペロリとたいらげちゃうんですよ！　好物だから！」

「へー。やっぱり別腹ってあるんだ？」

サクラは私の好物を嬉々として教えた。彼女の不自然な強調を気にすることなく、草薙先輩は頷いている。彼は天然さんだから、自分がサクラに私を好きだと思われているなんて、きっと気付かないでしょう。

「ところでサクラ、生徒会はいいの？　橙先輩が探してるんじゃないの？」

サクラのお迎え役の橙先輩が、そろそろここを探り当ててもおかしくない。キョロキョロと周りを見たけれど、あのオレンジ頭の先輩は見当たらなかった。

するとと草薙先輩がにこやかに言う。

「生徒会には、竹丸先輩が話を通すって言ってたから気にしなくてもへーき」

「……そうですか」

ゲームには、生徒会と風紀委員が主人公を取り合うシーンがある。

これが、あのシーンのような状態ならいいのですが。なんとなく、私に先輩風を吹かせる橙先輩と私を心配する竹丸先輩が口論をしている光景が目に浮かぶ。

「月曜日も一緒に食べようぜ？　二人がおれと食べるの、嫌じゃなければだけど」

「全然オッケーです！」

爽やかな笑顔で次の約束を取り付けてくる草薙先輩に、サクラが間髪を容《い》れずに頷いた。

「こんな可愛い子達とランチできるなんて、おれはラッキーだな」

「可愛いだって！　ネレン！」

べし、とサクラに背中を叩かれる。草薙先輩は天然たらしだから今の発言の〝可愛い子〟には、サクラも含まれていると思うのだけれど、私のことだと解釈したサクラは一人ではしゃぐ。

それを横目で見ながら、私はお好み焼きそばパンに齧《かじ》りつく。

……美味《おい》しい。久しぶりに食べたせいか、とても美味しく感じました。

ま、いいか。来週のお昼休みも私の代わりにお好み焼きそばパンを買ってきてくれるなら、生徒会とのランチフラグは避けられるから。


放課後。授業が終わってすぐ、私は後ろの方の席にいる木下良太《りょうた》くんのもとに行く。他の男子生徒と談笑していた木下くんは、私に気付かない。仕方なく、そっと彼の肩に手を置いた。

「？　——うわっ⁉」

振り返って私を見るなり、木下くんは飛び上がる。木下くんと話していた男子生徒達も、私を驚いた顔で見てきた。失礼な反応ですね。私はあまり気にせず、用件を伝える。

「木下くん、演劇部だよね？」

「あ、う、うん？」

「演劇部の見学に行きたいんだ。三吉先生が木下くんと来なさいって。一緒にいいかな？」

「見学？」

ぱちくりと木下くんは一重の目を瞬《また》かせた。そして、苦笑にも似た笑みを浮かべて頬を人差し指で掻く。

「演劇部に入りたいってこと？　うちの演劇部、ていうか部長が、かなりのハイテンションだから、宮崎には合わないと思うんだけど」

幽霊を見たみたいな反応だったから、てっきり私をクラスメイトだと認識していないのかと思ったら、彼は話したことがなくても私のことをきちんと認識していたようだ。

「見学だけだから」

ハイテンションの人と関わるのは慣れている。両親やサクラ、それにシヴァ様。あれ以上のハイテンションキャラなんていないでしょう。

「そっか。えーと、宮崎一人？」

「うん」

木下くんが森田さん達と楽しそうに話しているサクラに目を向ける。

ああ、〝姫宮と仲がいい大人しい宮崎〟って認識をしていたのですね。

頷くと少し残念そうな顔をした。彼は、友達に断りを入れて鞄に教科書やノートを詰め込むと
「行こう」と、私に笑いかけてくれた。

一緒に教室を出て、三階にある演劇部の部室に向かう。木下くんはなんだか落ち着きがなく、そわそわしていた。

「えーと、えーと……宮崎は演技とか興味あるの？」

「どちらかと言えば、裏方に興味がある」

「ああ、そうなんだ」

どうやら私とコミュニケーションを取ろうと必死のようです。気を遣わなくてもいいのに。そう言おうとしたら、木下くんが足を止めた。

私も足を止めて木下くんが視線を向ける先に目を向ければ——赤神先輩。

腕を組んで微笑《ほほえ》みを浮かべる赤神先輩は、一見すると優しそうな容姿端麗《ようしたんれい》の生徒。しかし、先入観のせいか、私には見下ろしてくるダークブラウンの瞳が笑っているようには見えない。執拗《しつよう》に電話に出るよう言ったにもかかわらず、私が出なかったから怒っているようだ。

まずい。まだ断定はできないけれど、恋愛フラグが立っているかもしれない彼と、今鉢合わせるのはよくない。

隣にいる木下くんを横目で見れば、蛇に睨《にら》まれた蛙のように固まっていた。

その時、私の携帯電話が鳴る。手に取って着信画面を見ると、桃塚先輩からだった。携帯番号を交換して、初めてかかってきた電話。しかも、実にいいタイミング。

歩きながら「はい」と電話に出る。私は木下くんが肩にかける鞄を掴んで、そのまま目の前に立ち塞《ふさ》がる赤神先輩の横を通り過ぎようとした。

しかし、赤神先輩の右腕により、私は通行を阻止されてしまう。惜しい……

〔もしもし、恋ちゃん。僕だけど、今どこ？　三吉先生から聞いたんだけど、今から演劇部の見学に行くんでしょう。僕も一緒にいいかな？〕

情報が早い。一緒とは、一緒に見学するという意味でしょうか。学園内で桃塚先輩と一緒にいるとなると、花園麗子《はなぞのれいこ》先輩の時のように、また桃塚先輩のファンに目をつけられてしまうかもしれない。私が答えに迷っていたら、左肩を掴まれた。顔を上げると、眉間にシワを寄せている赤神先輩の笑顔。桃塚先輩の声が聞こえたらしい。

〝なんで俺の電話に出ず、星司の電話には出るんだ？〟と言いたいのですね。わかります。

「俺も行こう」

「え？」

〔え？〕

赤神先輩の声は、桃塚先輩の耳にも届いたようだ。

私と桃塚先輩の声が重なる。

赤神先輩はにっこりと、上っ面《つら》の優しそうな笑みを浮かべておりました。

十三話　演劇部

右を向けば、ほんのりと桃色を帯びたベージュ色の髪をした愛らしい容姿のイケメン。生徒会長の桃塚星司先輩。左を向けば、鮮やかな深紅の髪に甘い微笑を浮かべたイケメン。副生徒会長の赤神淳先輩。

こんな予定じゃなかったのに。二人のイケメンに挟まれて、私はこうなった原因を考える。

……自業自得《じごうじとく》ですね。シミュレーションゲームで選択した結果のように、これは今まで自分が選択してきたことの結果だ。意図せず赤神先輩の気を引く行動を取ってしまったのも、責任感の強い桃塚先輩に恋人役を頼んでしまったのも、すべて私が選択したこと。

それぞれのファンクラブを持つ、生徒会メンバーの人気トップ一、二位の攻略対象者に挟まれている現状は、まさに自業自得なのです。

ため息をつきそうになりながらも、木下くんに案内された演劇部の部室の多目的教室Dへ到着した。

「江藤《えとう》部長、部活見学者を連れてきましたよ」

終始恐縮していた木下くんが、逃げるように部長のもとへ走って行く。

ちょうど練習を始めるところだったのか、ほとんどの部員が床に座り、身体をほぐしていた。その視線は、いきなり登場した見目麗《みめうるわ》しい生徒会長様達に釘付けだ。

木下くんが駆け寄ったのは、部屋の隅に立っていたセーラー服の女子生徒。台本らしきものを丸めて、肩を叩いている。生徒会長達が来た経緯を木下くんが話しているけれど、彼女の視線は真っ直ぐ私に向けられていた。

黒いおかっぱの髪に、黒縁眼鏡。私よりは高いけれど身長は低め。私を見つめて鋭く細められていた眼が、突然カッと見開かれた。

「宮崎音恋――っ！！！！！」

怒号のような彼女の声が部屋中に轟《とどろ》く。私と桃塚先輩、赤神先輩までもがびくりと震え上がる。

ズガズガッ！

部長が大股で歩み寄ってきて、二メートルあった距離が一気になくなる。彼女は私の目の前まで来ると、ガシッと両手で肩を掴んできた。

「一年B組の宮崎音恋ねっ？　貴女には前々から声をかけようと思っていたのよ？　ハァハァ！ああ！　間近で見ても可愛いわ！　ハァハァ！　長くて艶《つや》やかな黒い髪、病的な白い肌、長い睫毛《まつげ》に、黒くて大きな二重《ふたえ》のぱっちり目、小さな鼻、小さな口、ふっくらした頬、庇護欲《ひごよく》を掻き立てるナイスバランス！　黒と白が互いを引き立て合っている。白を黒が包み込む感じが狂《くる》い愛《いと》しい！ああ、首も細いわね、いいわ、いいわ、うっすら出てる鎖骨や、華奢《きゃしゃ》な肩幅、一番小さなサイズの制服でも裾や袖が余っててそこからちょこっと顔を出した手足が可愛いハァハァ！　さぁ、声を聞かせて！　貴女の可愛い可愛い声を聞かせて？」

「帰ってもいいですか」

肩を上下に激しく揺らすほど呼吸を乱して、間近から舐めるように観察してくる演劇部の部長に耐えきれず、私は仰《の》け反《ぞ》る。

あ、駄目だ。このタイプのハイテンションは、無理です。身体の隅々まで吟味してくるような眼差しは変質的すぎて不快というより恐怖を覚えてしまう。これは、あれでしょうか、あれですよね、そう呼んでもいいですよね。セクハラ行為、と。

「部長！　怖がってますよ！　やめてあげてください！」

木下くんを含めた数人の生徒が、演劇部の部長を私から引き剥《は》がしてくれた。

解放されても悪寒《おかん》を感じる。私は堪《たま》らず、桃塚先輩の背中に隠れた。

「大丈夫？」

桃塚先輩が苦笑を浮かべて、小声で問うてくる。

大丈夫じゃないかもしれません。

「菜穂《なほ》ちゃん、落ち着いて。そんな風にいきなり音恋ちゃんに詰め寄らないでよ」

「っカメラ!!　カメラを持ってきて！　桃塚くんと宮崎音恋のツーショットを写真に!!　いえ、脳裏に焼き付けておくわ！　桃塚くんの背中に隠れた宮崎音恋ゼェハァ！」

「落ち着いてください部長!!」

呼吸困難になりかける程の乱れっぷり。彼女の頬は紅潮し、射抜くような視線で私を舐め回すように見てくる。その様子に、さすがの桃塚先輩も悪寒が走ったのかぶるりと肩を震わせた。

他の部員達が彼女を落ち着かせるまで、五分ほどの時間がかかった。

「ゴホン。失礼。前々から狙っていた宮崎音恋の訪問に、つい我を忘れて暴走してしまったわ。私は演劇部の部長を務める、江藤菜穂よ。よろしく。早速だけれど、宮崎音恋と桃塚星司の入部を許可するわ!!」

「入部しません」

江藤菜穂は親指を立てて入部の許可を出す。反射的に私は拒否した。

おそらくこれは、防衛本能です。入部してはいけない。この人だけは無理です。

「何故っ⁉」

「菜穂ちゃん、今日は見学しに来ただけなんだ。入部するかどうかはそのあとに考えさせて」

桃塚先輩が代わりに答えてくれた。桃塚先輩の背中に隠れて、私は必死に江藤先輩の眼差しから逃げる。

……私はもう見学をせずに、今すぐ帰りたいのですが。

「音恋ちゃん、大丈夫？　菜穂ちゃんは可愛いもの好きなんだ。ごめん、あらかじめ教えておくべきだったね。びっくりしたでしょ？」

顔だけ振り返って私にそう教えてくれる桃塚先輩。

知っていたのですか。こんな人だと知ってて、私を来させたのですか。

「俺もいるんだけど……江藤さん？」

そこで、すっかり忘れ去られていた赤神先輩が口を開いた。

「ああ、赤神くん。貴方が演劇部《うち》に入ってくれると、大変嬉しいわ。イケメン要員が少ないから」

「残念だけど、俺も見学しに来ただけだ。椅子に座ってもいいかい？」

赤神先輩には普通の対応を見せる江藤先輩。

どうやらあれは、可愛いと認識した相手にだけ出る症状だったようです。

柔らかい微笑を浮かべた赤神先輩は、何故か私の肩を掴んで引き寄せてくる。おかげで盾にしていた桃塚先輩の背中から出る羽目になった。

「あら、見学だけと言わず参加していってよ」

江藤先輩が立ちはだかるように目の前に立つから、私は思わず桃塚先輩の腕を掴む。すると、肩を掴む赤神先輩の手に力が入った。

赤神先輩と江藤先輩に挟まれたこの状況……帰りたいです。

「参加って、具体的になにかな？」

「稽古《けいこ》に参加してみたらどうかしら」

桃塚先輩が気を利かせて、また江藤先輩の壁になってくれる。私の肩に置かれた赤神先輩の手を気にしながら、江藤先輩に訊いた。

江藤先輩は私を視界に捉えながら、他の部員を手招きする。その部員が手渡してきたのは、台本だ。三冊を桃塚先輩に渡す。桃塚先輩は、私と赤神先輩にそれぞれ差し出した。

「江藤先輩、私は役者ではなく裏方に興味があって見学に来たのですが」

「裏方は主に舞台作りや衣装作り等で、本日は出番がない。よって稽古をしましょう。もっとその小鳥のような声を出して！」

江藤先輩は強制的に演技をやらせたいらしい。本当にもう帰りたい。

私は桃塚先輩を盾にして、江藤先輩から距離をとる。

「やろうじゃないか、星司。せっかくだから体験していこう」

台本を読んでいる赤神先輩が上っ面《つら》な笑みを浮かべて言った。その顔を見て、なにか企んでると直感する。

「見学させてもらっているのに、自分勝手に引き返すなんてこと、しないよな？」

「……」

笑顔で威圧しながら、赤神先輩は私の背中を押す。

見学を頼んでおいて、引き返すのは身勝手過ぎる。確かにその通りだ。しかし、彼女のまるでセクハラ行為のような言動が、帰る理由になるかと思うのです。そう心の中で反論しつつも、結局、稽古《けいこ》の体験をすることになってしまった。

そこで、身体をほぐしていた部員の一人が私達の前に立つ。桃塚先輩と同じくらいの身長の男子生徒。女の子みたいに可愛い顔立ちをしている。男子の制服を着ていなければ、女子と間違えていたかもしれない。そんな彼が、キッと目を細めて私を睨《にら》んできた。

なんで私は、初対面の相手に睨まれているのでしょうか。

「こら、可愛くないゾ」

横から現れた女子生徒が、パコンと台本で彼の頭を叩く。毛先が緩《ゆる》くカールしたおさげ髪の可愛らしい女の子。彼女に叩かれた頭を押さえている男子生徒は、先程の険しい顔を消してふんわりと笑った。本当に女の子みたい。その笑みを見た女子生徒は、満足そうに頷いた。

「うん、可愛い」

「はい。そこいちゃつかない」

いい雰囲気だった二人に、躊躇《ためら》いなく江藤先輩が割り込んだ。

「こっちの美少女フェイスの男子生徒は、一年C組の園部暁《そのべきょう》、アダ名はきょん。今年の学園祭の劇は彼がヒロインと確定していたけれど、宮崎音恋が入部してきた以上……ヒロイン争奪戦を行う！」

入部していませんけど？　心の中でツッコミを入れた。

「ヒロインなんだ……」

後ろで桃塚先輩が、小声で別のツッコミを入れる。

ヒロインに相応《ふさわ》しい容姿をしているし、一年で役がもらえるほど演技力が高いのでしょう。そう思って園部暁くんを見ると、彼は再び私を睨んでいた。ライバル視ですか、それ。

気付いた女子生徒が、また台本でパコンと叩いた。

「あたしは一年C組の七瀬《ななせ》紅葉。宮崎さんって間近で見ると本当に可愛いね……。ド、ドレスとか着てみないかな？」

七瀬紅葉さんは私を覗き込むと、キラキラと目を輝かせる。まるで、着せ替え人形を見付けた女の子のようです。

その瞬間、ガッ、と七瀬さんのお腹に園部くんの腕が回されて、彼女は私から離れた場所へと連行されて行きました。

「なんで!?」

「……だめ」

「いいじゃん！」

「……だめ」

「一着だけだよ！」

「絶対にだめ」

色々言葉が足りないけれど、二人の会話は成立しているようだ。

江藤先輩は振り返ることなく、親指で二人を指す。

「あれは演劇部公認のバカップル。他人が割り込む余地はなし。適当に無視して」

と簡潔に二人の関係を説明すると、持っていた台本を開いた。

あの二人はカップルなのですね。江藤先輩の向こう側にいる二人を眺める。なんとなく見覚えがあるような気がした。ま、中等部も一緒なら、見覚えがあってもおかしくない。

「二十八ページを開いて。ここから始めるわ。宮崎さん、貴女はヒロインのお姫様ね。桃塚くんはお姫様の従者、赤神くんが姫に求愛している王子様。最初に手本を見せるから座ってて」

あっという間に役を割り振ると、江藤先輩は台本で壁際を指す。仕方なく私達はそこに座ることにした。

江藤先輩は「始めるわよ」とパンパンと掌に台本を叩き付けて部員に合図した。園部くんと別の男子部員二人が中央に立ち、他の部員は周りに散る。従者役と王子役は顔立ちが整っているように見えた。園部くんはやはりヒロインのようですね。

その隙に、再び七瀬さんが私達のそばに寄ってくる。

「聞きました？　この台本、桃塚先輩と赤神先輩と春風《はるかぜ》先輩をモデルにしているそうですよ」

「うん、聞いたよ。モデルにされたなんてちょっと恥ずかしいな」

七瀬さんは私の左隣に座ると、そっと桃塚先輩に囁いた。

名前が出た春風美南《みなみ》先輩は、淡い桃色のロングヘアーの美少女。桃塚先輩の幼馴染《おさななじみ》で、正体はセイレーンだ。彼女は天然な上に壊滅的なドジッ子体質。

桃塚先輩が甲斐甲斐しく面倒見のよい性格になったのは、彼女の存在が大きい。同じクラスの桃塚先輩と赤神先輩が、いつも彼女のドジをフォローしているから、〝姫〟と愛称がつけられている。人柄のいい、ヒロイン向きのキャラ。

ゲームでは、桃塚先輩ルートで主人公が嫉妬する相手として登場する。きっと桃塚先輩は春風先輩が好きなんだ、と主人公が思い悩むけど、実はお互いにただの幼馴染としか思っていないというオチ。

この台本は〝姫〟の春風先輩と王子様的存在の桃塚先輩と赤神先輩をモデルにしているそうだ。つまり春風先輩はお姫様、王子様は赤神先輩で、従者は桃塚先輩なのでしょう。

それにしても、学園の人気者である二人に挟まれて、私がこの役をやっても大丈夫でしょうか？　彼らのファンに目をつけられるのは困るのですが。

私は、遠巻きにこちらを見ている部員達に目を向けてみた。しかし、そこには嫉妬の感情は見えなかった。桃塚先輩の背中に隠れた時も、江藤先輩同様〝可愛い〟と言う声が聞こえた。

どうやら〝微笑《ほほえ》ましい兄と妹〟と見られているようです。赤神先輩は桃塚先輩の友達だから、さしずめ友人の妹を可愛がるもう一人の兄というポジションのようで、特段嫉妬はされていないようです。いじめは心配ないようですね。

「この台本は誰が書いたのですか？」

「江藤部長だよ」

台本に思考を戻して訊いてみれば、七瀬さんが教えてくれた。

あの部長がこれを？

江藤先輩を見上げてみれば、会話が聞こえていたのか、軽くウィンクされた。見なかったことにして私は台本に目を落とす。

これから始まる二十八ページのシーンは、森で王子と従者が口論しているところから始まる。三角関係の恋愛物のようですね……

「宮崎さん、裏方に興味あるの？」

「はい」

「あたし演技上手くないんだ。だから裏方に徹してるの。きょんの衣装担当なんだぁ」

ニコニコと楽しげに囁く七瀬さん。ギロ、とまた園部くんの視線が突き刺さる。

何故私と話す時だけ睨《にら》むのですか。

「ごめんね、あたし部長と同じで可愛いものに目がないんだ」

にっこりと可愛らしく微笑《ほほえ》む七瀬さんと、あの江藤先輩が同じとは思えないですけど。

「可愛いものが好きだから、可愛い子に目移りしていると、妬いちゃうみたい」

「ラブラブなんですね」

「えへへ」

彼女はのほほんと笑う。彼氏の嫉妬を鬱陶《うっとう》しく思うどころか、可愛いと思っているようです。

「もしかして園部くんのこと、可愛いから好きなの？」

私の右にいる桃塚先輩が身を乗り出して七瀬さんに訊いた。

「はい、可愛いところが好きです」

きっぱりと七瀬さんは断言する。

「そう……なんだ」

といまいちな反応を返す桃塚先輩は、チラリと園部くんに目を向ける。園部くんは変わらず私を睨んでいた。だが、パコンと顎《あご》に江藤先輩の台本が叩き込まれたことで演技を始めた。

そんな園部くんの演技は、なかなかだった。さらに男子にしては高い声とその美少女フェイスで、本当に女子にしか見えない。ドレスで着飾れば、絶対に男子だと思われないだろう。

きっと今年の学園祭では、看板ヒロインになること間違いなさそうですね。

「彼は俳優を目指しているのですか？」

「うん。ハリウッドのレッドカーペットを一緒に歩いたら、結婚しようって約束してるんだ」

「……そうなのですか」

プロポーズ済みですか。レッドカーペットでプロポーズする男女が脳裏に浮かんだ。

「あたしときょんは幼馴染《おさななじみ》でね。あたしが昔から女の子の格好させて女の子の振りをさせてたから、きょんは女の子の演技は完璧なんだ」

「ツッコミどころ満載だね!?」

さらり、となんでもないことのように言う七瀬さんに、桃塚先輩が声を上げる。

「そこ煩《うるさ》いわよ！」

「ご、ごめんっ」

江藤先輩に注意されて、桃塚先輩は頭を下げた。

「では園部くんの演技力は、着せ替えで女の子の振りをして培《つちか》われたものなのですね」

その経験を十分に活かして、彼はこうして自分に合った役を得たようです。

王子様役も従者役もとても雰囲気に合っているように感じた。絶妙な配役をされている。台本にオリジナリティーも感じられて、ちょっと見ただけだけれど好みだ。

江藤先輩は苦手だけれど。演劇部に、少し興味が湧いてきました。

「とまぁ、こんな感じ。素人《しろうと》だから貴方達は台本を見ながらでいいわ。さ、前へ」

園部くん達のお手本が終わると、江藤先輩が私達に丸めた台本を向けた。

途端に女子部員が騒がしくなる。見目麗《みめうるわ》しい生徒会の会長と副会長が、これから演技をするのだから当然だ。これ以上ないという程注目されている。私はついでだけれど。気が重くて立ち上がることを躊躇《ちゅうちょ》していると、気付いた桃塚先輩が私の手を取って立たせてくれた。

「せっかくだから、やってみよう？」

優しく笑いかけてくる。私達のために設《もう》けてくれたのだから、ここで無駄な時間を使わせては申し訳ない。それなら、さっさと済ませてしまおうと、私は腹を決めた。

スッ、と横から違う手が伸びてきて桃塚先輩から私の手を奪う。

赤神先輩だ。彼は私の手を取ったまま、目の前で跪《ひざまず》いた。

「〝花のように美しい私の姫君よ。二人で森の奥にある草原へ行きましょう。時間を忘れて、貴女様と語り合いたい〟」

目がくらむような美しい微笑を浮かべて、赤神先輩が王子の台詞《セリフ》を言う。日頃優しい王子様を演じているだけあって、さすがに堂に入っているけど、本性を知っている私からすれば胡散臭《うさんくさ》い。でも、それを知らない周りの女子部員達は、恍惚《こうこつ》のため息を零《こぼ》して赤神先輩を見つめている。

「えっ、いきなり……えーと、〝お止めください。姫様をこれ以上誘惑なさらないでください〟」

合図もなく始まった演技に戸惑いながら、緊張した様子で台詞を口にする桃塚先輩。彼の演技を見て、女子部員が愛らしいと微笑む。

「〝誘惑等とは随分な物言いだ。私は姫に愛を伝えたいだけ……貴方のように胸に秘めるつもりはありません〟」

「〝自分は姫様に仕える身です。姫様にすべてを捧げることが私の愛です〟」

「〝ならば私は姫に愛を誓いましょう。永久に愛することを〟」

姫様に想いを寄せる王子と従者二人の堂々とした姫の取り合い。従者は貴族の出身で、幼い時から姫様に仕え、密かに愛してきた。隣の国の王子は、姫に一目惚れして熱烈に口説いている。という設定だ。

台本にはなかったのに、赤神先輩が私の手の甲に口付けをしようと引き寄せた。咄嗟《とっさ》に桃塚先輩が割って入る。ここで赤神先輩に口付けされるのはまずい。吸血鬼の唾液は所有の証、マーキング

になるのだから。

「あら、アドリブが上手いわね」

江藤先輩はそれを二人のアドリブだと解釈したようです。

桃塚先輩は、何を考えているんだ、と困惑した顔で赤神先輩を見下ろす。赤神先輩はなに食わぬ顔で立ち上がると、演技を続けた。

「〝私の姫君よ。どうか私の手を取って、共に行きましょう〟」

「〝いけません、姫様。どうか私と城へ戻りましょう〟」

赤神先輩は、私に左手を差し出す。桃塚先輩も私を振り返ると、左手を差し出してきた。

次は私の台詞《セリフ》。二人の手を見ながら、台本を確認する。

「……〝お止めください、お二人とも。私のために〟……〝争わないでください〟」

噛まないように、ゆっくりと台詞を口にした。

「宮崎さん。か細い声が小鳥が歌うみたいに可愛いわ！　でももっと声量を上げて、戸惑った感じを出して」

江藤先輩からすかさず指示が入る。素人《しろうと》なのだから多めに見てほしいと思いつつ、もう一度今度は戸惑いがちに台詞を言ってみた。

「……〝お止めください、お二人とも。私のために争わないでください〟」

「もう一度！」

「……〝お止めください、お二人とも。私のために争わないでください〟」

「もっと大きな声で！」

スパルタだ。これ以上声量は上げられない。

桃塚先輩は、私に差し出していた手を下ろすと、江藤先輩を振り返った。

「ちょっと音恋ちゃんに厳しくない？」

「そうですよ、部長」と江藤先輩の近くに座っていた木下くんも桃塚先輩のあとに続く。

「確かに声量は足りないけれど、いい演技だと思います。ね、きょん？」

「……うん」

七瀬さんもフォローしてくれて、その隣にいる園部くんも頷いた。

「だめよ、そんな声量では観客の耳には届かない！」

そう言って、ズガズガッと江藤先輩が私に近付く。

「彼女に求めすぎですよ、部長！」

慌てて木下くんともう一人の男子部員があとを追った。桃塚先輩を押し退《の》けて私の前にきた江藤先輩は、私の右肩に手を置いてくる。なにをするのかと、目を瞬《またた》かせた。

「大声を出してみなさい」

「……すみません、大声は滅多に出さないので」

「体育祭の練習で、かけ声や応援をするでしょ？」

「……すみません、これ以上の大声は出せません」

最後に大声を出したのは、暗い部屋に閉じ込められたあの時くらいだ。普段声を荒らげることなんてないから、大声の出し方を忘れてしまった。出せません。

するとと江藤先輩の掌が私のお腹に当てられた。きょとんとしている間に「腹から出す！」と思い切りお腹を押される。

「うっ……」

私は大ダメージを受けて、その場に崩れ落ちた。大声ではなく、昼食がお腹から出そうです。

「ね、音恋ちゃん！」

慌てた桃塚先輩が私の顔を覗きながら背中を撫《な》でてくれた。

「ちょ、宮崎はひ弱なんですからやめてあげてください！」

木下くんが止めてくれようとするけれど、ひ弱は言い過ぎです。

「宮崎さん。貴女はまず声量を上げなければ……舞台に立てないわ！」

周りの声は総無視の江藤先輩が、私に指摘してきた。

「立つつもりは、ないのですが……」

お腹を擦《さす》って、なんとか顔を上げて江藤先輩を見上げる。まだ立ち上がれそうにない。

「仕方ないわ……後日もう一度テストしましょう。桃塚くんと赤神くんは合格よ、入部してよし！」

熱すぎる江藤先輩、私の話を聞いてください。

「いつから体験が試験にすり変わってたの？　菜穂ちゃん」

と桃塚先輩が代わりに問うけれど、都合よく江藤先輩は耳を塞《ふさ》ぐ。

「部長」

そこで園部くんが手を上げた。その場にいた一同が彼に注目する。

「テラスでヒロインが物憂《ものう》げに呟くシーンを、やってもらってはどうでしょうか」

彼は、他のシーンをやるよう提案してきた。隣にいた七瀬さんがぱちくりと瞬《まばた》きしたあと、「どうでしょう」と笑いかける。

少し考えたあと、「そうしましょう」と江藤先輩は頷き、台本で私を差して、やれと言わんばかりに顎《あご》を動かす。

世の中って、こんなにも厳しいものなのですか。

仕方なく台本を開いて指定されたシーンを探す。木下くんが横から教えてくれた。

自分に想いを寄せてくる王子と従者の間で揺れ動く姫様の独白シーン。それを読むと、やっとこのヒロインに共感することができた。

「無理してやらなくていいんだよ？　向き不向きがあるんだしさ」

木下くんが苦笑して、そう言ってくれる。

「音恋ちゃんは、きっと向いていると思うよ」

桃塚先輩が首を振って、無邪気に笑いかけてきた。私の母から、勉強以外にも夢中になれることを見付けるように頼まれていたから、そう促してくる。昔、習っていたピアノもヒップホップも、自分からやりたいと言い出した記憶はない。

でも、漠然と〝今ならやれる〟と思ったことを覚えている。それはきっと、前世ではやりたいことが山程あっても、やるチャンスがなかったから。だからそう思ったのかもしれない。

高校に入って、演劇部に入ろうと思い立ったのも、それが影響していたのかも。

「一つ質問してもいいですか？」

私は江藤先輩に質問してみた。

「なに？」

「この台本は江藤先輩が書いたそうですが、将来は舞台作家を目指しているのですか？」

「作家と監督を目指しているわ」

胸を張って、江藤先輩は将来の夢を語った。プロを目指す江藤先輩が書いた台本。じっと私を見てくる、俳優志望の園部くんが指定したシーン。

いい加減にやるなんて失礼だと感じた。できる限り、しっかり演じないといけないと思った。

床に座ったまま、私は台本の台詞《セリフ》を頭に入れる。そして静かに深呼吸した。

「……〝ああ、何故こうなってしまったのでしょう〟」

床に座ったまま、テラスで月を見上げるように、私は視線を上げて呟く。

「〝素敵な人とのロマンスを望んでいたわけではないのに……私は今のままでも十分幸せだったというのに……。これ以上の幸福を望まないことは、悪いことなのでしょうか。ああ、どうか月の神様。正しい選択を教えてください。誰も傷付けず、皆が幸せになる道を、どうか月光で照らして私を導いてくださいい〟」

右手を月に伸ばすように、天井に向ける。それから自分の胸に当てて俯《うつむ》く。

「〝この胸が苦しいのです。どうか……この痛みが、彼らが幸せになることで消えてなくなりますように〟」

そっと祈るように囁いて、私は瞼《まぶた》を閉じた。

シン、と静まる室内。瞼を上げて、目の前に立つ江藤先輩を見上げてみれば。

「合格よ宮崎音恋んんんっ！！！！　いいわよ、その表情！　物憂《ものう》げな眼差しに苦し気で儚《はかな》い表情……私の胸が苦しくなったわ！　仕草も自然で、月が見えちゃったわよ！　いいわ、いいわよ、宮崎さん!!　ハァハァ！」

「菜穂ちゃん、落ち着いて」

熱いです、江藤先輩。息も荒く詰め寄ろうとした江藤先輩を、桃塚先輩が止めてくれる。

お姫様に成りきった演技、思いの外好評だ。ほんの少し、共感できたから成りきることは難しくなかった。憂《うれ》いのある眼差しはヴィンス先生の真似です。

「宮崎さん」

男の子にしては高い声。振り返ると、後ろに園部くんが立っていた。

「好敵手《ライバル》として……これからよろしく」
ス、と握手を求めて手が差し出される。
好敵手認定されました。木下くんが言ったようにテンションが高くて、それから熱心で私には少し合わないような演劇部。

「よろしくお願いします」

けれども、気に入りました。入部することを決めて、園部くんの手を握り締めながら、そう言葉を返す。

見学はそれで終わった。台本と課題をいただいて、私達は部室をあとにする。

同じ寮に戻る桃塚先輩と一緒に帰るのはわかるけれど、何故か赤神先輩も一緒です。先輩は方向が違うのでは？

「意外だな。音恋はああいうノリ、敬遠するのかと思った」

夕日でほんのり赤く染まる道で、当然のように左隣を歩く赤神先輩が微笑《ほほえ》むことなく言う。

「そんなことありません。私はついていけませんが、熱血も素敵だと思います」

「ふーん？」

ついていく気は微塵《みじん》もないけれど。冷静沈着な私と熱血演劇部は、見るからにしっくりしないでしょう。

でも、世の中には、テンションの高い両親とテンションの低い娘という組み合わせもありますから。

「演技もやるの？」

楽しそうに声を弾ませて桃塚先輩が訊いてきた。

「舞台には立ちたくありません」

と変わらない本音を伝える。

——でも……興味はあります。

「なにはともあれ、まずは課題だ。手伝ってあげようか？」

微笑んだ赤神先輩が私の顔を覗き込んできた。江藤先輩からいただいた課題は、大きな声を出せるようになること。手伝いはいりません。

「体育祭の練習の時、大声で応援すればいいんじゃないの?」

桃塚先輩が赤神先輩の企みに微塵《みじん》も気付かず、そんな意見を出す。

大声、出す気はないのですが。まったくこの課題をクリアできる気がしない。

ところで、と桃塚先輩が急に話題を変えてきた。

「桜子ちゃんと音恋ちゃんは、今日から彦一くんとお昼を一緒にするんだって?」

「はい」

お昼休みの件。口調からして、サクラとの昼食は風紀委員に譲ったようです。

橙先輩と笹川先輩の騒音並みの口論の末、桃塚先輩が割って入った光景が容易に目に浮かぶ。

「音恋ちゃんも、僕達と一緒に食堂で過ごせばいいのに……だめ?」

甘えたような声を出して、桃塚先輩は私を見つめてきた。

私に食堂で生徒会と一緒に食事をしろと、言っているのですか?

「はい、嫌です」

「きっぱりと……なんで?」

「生徒会が女の子を落とす手なんかに引っ掛かりませんから」

「そんなこと言わずにさ、一緒に……ってまた僕がひどい男に!?」

「冗談ですよ。桃塚先輩は違うと信じてます」

「……」

あ、遠回しに赤神先輩のことはひどい男だと言ったことに気付かれました。

左隣から重い視線を感じる。けれど、赤神先輩が口を開くことはなかった。

そのまま寮に到着。

「じゃあね、淳」

「ああ」

短く言葉を交わすと赤神先輩は引き返していった。てっきり大事な話とやらをするために、一緒に来たのかと思っていたけれど、思い違いだったようです。

玄関の階段を上がって、なにげなく振り返る。すると、振り返って顔だけこちらを向いている赤神先輩と目が合った。

夕陽で更に髪が赤く輝いている赤神先輩は、不敵な笑みを浮かべて口だけを動かした。

電話に出ろ——と。

彼の後ろ姿が門の向こうに消えて完全に見えなくなってから、私は声を出さずに返事をする。

電話には出ません。

十四話　携帯電話

その日の夜。体育祭の練習と演劇部の見学の疲労のせいか、目を閉じたらすぐに眠ることができた。けれど、深夜を回った頃、携帯の着信音によって、その睡眠は妨害された。

私は、枕に頭を埋めたまま手探りで鳴り響く携帯電話を探す。手に取ると、半分目を閉じたまま電話に出た。

「はい……？」

我ながら寝惚けた声だ。

〔――――ククッ。寝惚けた声、可愛いな。音恋？〕

耳に大音量でその声が流れてきた瞬間、再び眠る準備を始めていた私の脳が覚醒する。

飛び起きて、携帯電話を手放す。瞬《まばた》きをしながら、状況を理解しようと起きたばかりの脳を必死に働かせた。

シーツの上に落ちた携帯電話から、私の大好きな声がする。

〔やっと電話に出たな〕

「……赤神先輩？」

誤って操作してしまったのか、スピーカーになっていた。

今、私の携帯電話が凶器になっています。こんな、普通は寝ている時間帯に電話をかけてくるなんて卑怯だ。

しかし同時に、自分の携帯電話から赤神先輩の声が聞こえてくることに感動を覚える。

録音……この通話を録音する機能はありませんか。

「睡眠まで妨害しないでください」

〈俺の声が聞けて、嬉しいだろ〉

俺様に睡眠を妨害された苛立ちより、内心この声を聞けた嬉しさが上回っているけれど、それは認められない。想像以上に赤神先輩からの電話はまずいです。ボタン一つで通話は切断できるのに、切るのを躊躇《ちゅうちょ》してしまう。

どこまでもこの声には弱いです。

「大事な話とやらは、またの機会にしてください。寝ます」

〈大事な話を電話でするつもりはない〉

大事な話をするためじゃないなら、何故電話をかけてきたのですか。

私は冷静な声を出しながらも、携帯電話から聞こえてくる声をずっと聞いていたい誘惑と戦っていた。

〈大事な話は明日話す。朝十時、駅の西口に来い〉

電話ではなく、直接ではなくていけないような話。そのための呼び出しですか。

明日は土曜日。クラスで体育祭の学年種目の練習をする予定がある。

ま、予定がなくても行きませんけど。

それを伝えると。

〈言っておくが、アンタにしていることは他の生徒にはやっていない。こういう誘いも、アンタにだけだ〉

「…………」

甘く浸透する低い声が、からかうでもなく告げた。今日というか昨日、遠回しに〝女性をたぶらかすひどい男〟と言ったこと気にしていたのか、彼はそれを否定した。

「……じゃあ、何故私に？」

何故私に構うのか。率直に訊いてみた。

赤神先輩に、私への恋心が本当にあるのかどうか。もし、あったとしても、私の答えは決まっている。

電話からは沈黙が流れる。部屋に深夜の静寂が舞い戻った。私は、ただじっと携帯電話を見つめて、赤神先輩の答えを待つ。

〔────それも明日話す。おやすみ、音恋〕

ようやく口を開いた赤神先輩は、私への答えを先送りにすると、そっと囁くように〝おやすみ〟と言って電話を切った。

今の〝おやすみ〟を、永久保存したいです。

というか、行きませんって。

一応断りのメールを送信してから、携帯電話の電源を切る。これでもう睡眠を妨害されない。

私は〝おやすみ〟の余韻に浸りながら、枕に頭を沈めてまた眠りに落ちた。

朝起きると、口をあんぐり開けてしまう光景があった。

窓辺に置いた花瓶に、また一輪薔薇が増えている。そしてその横には、突き返したはずのチョコの箱が積み重ねられ、てっぺんには、あの小説。

上乗せして突き返してくるなんて、予想外のことをしてきました。ヴィンス先生に、こんな子どもっぽい面があったのですか。おかしくなって口元が緩《ゆる》んだけれど、すぐに一文字に結び直す。

直接告白されたなら、きっぱりと断れるのに。

ヴィンス先生は、以前この小説が告白のようなものだと仄《ほの》めかしていた。ならば、彼の気持ちを断るためには、この小説を読むしかないのでしょうか。

演劇部から借りてきた、江藤先輩が書いた台本を読み終えて思ったことがある。

恋愛フラグを立てて、相手の気持ちを受け入れる気がないのなら、きちんと相手をフッてその気持ちを整理させる必要がある。それこそが相手のためになると。

つまり距離を置いてこのまま自然と離れるのを待つのは酷なのかもしれない。

私はもう一度、小説とチョコの箱を引き出しにしまって、ラウンジに向かった。

毎日の習慣通り、桃塚先輩と朝の挨拶を交わして一緒に朝食をとる。土日はバイトの桃塚先輩は、朝食を終えるとすぐに出かけるらしい。

「いってらっしゃい。先輩」

「……いってきます！」

桃塚先輩が腰を上げた時、ひらひらと手を振る。ぴたり、と一時停止した桃塚先輩は、喜色満面《きしょくまんめん》で強く頷いた。

ラウンジで桃塚先輩を見送ったあと、私は今までの遅れを取り戻すために少し勉強をする。とは言っても、前世でも勉強した箇所だから復習のようなものだ。

私が中間試験で高得点の一位を取れたのは、他の人の二倍勉強しているから。当然ですよね。

勉強したあとは、クラスメイトと学年種目の練習に向かった。練習するのは、跳び箱リレー。

各クラスで一人、跳ぶ代表を決め、あとの生徒は全員が跳び箱役になる。競技の内容は、あらかじめ跳び箱役の生徒が等間隔で並び、それを代表が順に跳んでいくというもの。跳ばれた生徒は、走って列に並び直し、また跳び箱役をやるのだ。それを百メートルで往復して速さを競う。ちなみに、この競技名は、『翔《と》べ孫悟空《そんごくう》』。

名前の由来を聞きそびれたけれど、興味はないので知らなくていいです。

クラスメイトと午後三時まで練習をやり、寮に帰ってからはまた勉強。気が付いたら、午後六時。私は急いで夕食をとりにいく。夕食を食べ終える頃には、ちょうどラウンジが混み始めた。他の生徒に席を譲り、私は食後の休憩にテレビの前のソファーに座る。そこでようやく、私は赤神先輩のことを思い出した。ポケットから電源を切ったままの携帯電話を取り出して電源を入れる。すると、着信が五件。すべて赤神先輩からだった。

やってしまった。凄く怒っていそう。……毎度のことですが。

何度も電話をかけてくるほど、重要な話なのでしょうか。それが告白なら確かめる必要がある。また留守番電話の設定を忘れていたから、伝言メッセージはなし。留守電を設定したら、メッセージを残してくれるでしょうか。赤神先輩のあの低いエロボイスを永久保存したい。

あれ、でも、留守番電話の設定ってどうやるのでしょうか。

いまだに慣れない携帯電話の画面に触れて、私は留守電の設定を探した。

「……めっずらしー」

声をかけられて顔を上げると、黒巣くん。お風呂に入ったあとなのか、彼は半袖の黒いポロシャツに、寝巻き用らしい黒のズボンを穿いている。

黒巣くんは、私の座っているソファーに腰を下ろしてきた。私は右の端で、黒巣くんは左の端。四人掛けソファーなのだから、そんなに離れて座らなくてもいいのに。

「なに？　アンタも観たいテレビでもあるの？」

「私はここで食後の休憩をしてるだけ。このスペースで会うのは初めてだね」

「……だな」

いつも私は、ガヤガヤと賑やかな時間帯を避けている。だから、こうしてテレビスペースで会うのは初めてのことだ。どうやら黒巣くんも夕食を終えたらしく、テレビのリモコンを持ってチャンネルを回し始めた。そろそろこのテレビスペースも混んできそう。留守番電話の設定をして部屋に戻ろう。でも自力では無理そうだから……

「黒巣くん」

「なに」

「留守電の設定の仕方がわからないの。教えてくれない？」

頬杖をついていた黒巣くんは私に顔を向けると、ニヤリと笑ってからかってきた。

「あの声を録音するためですかー？」

その通りです。見え見えですか。

黒巣くんは腰を上げると、私のすぐ隣に移動してきた。

「こうするんだよ」

黒巣くんが直接やってくれればいいのに、彼は設定の仕方を教えてくれるようです。黒巣くんと緑橋くんはゲームをよくやるから、機械には強い。特に教師志望の黒巣くんは教えるのが上手だ。

でも、近い。私に見やすいように携帯電話を持つから、必然的に黒巣くんが顔を近付けてくる。

私が片手で持つには大きい携帯電話だけど、黒巣くんの手にはきちんと収まるらしい。初めてちゃんと見たけど、思ったより手が大きい。

すぐ横にいるせいか、石鹸かシャンプーのいい匂いがする。いつもぼさぼさの髪も、しっとりと落ち着いている。

本当に近いな。

黒巣くんは、距離の近さを気にすることなく、淡々と設定について教えてくれている。本当に教えることが上手い。こういうところとか、教師に向いていると思う。感心です。そんな時、ふいに、前にもこうして黒巣くんに何かを教えてもらったことがあったような気がした。それを思い出そうと記憶を辿《たど》ってみて、はっきりと思い出す。

そうだ。中学三年生の時だ。あれは生徒会選挙で猫塚くん達双子さんの推薦文を書くために、当時生徒会長だった黒巣くんにアドバイスを貰ったのだっけ。そういえばあの日は、十月なのに雪が降ったのだった。

雪の記憶が印象的過ぎて、今まで中等部で黒巣くんと接触していたことを忘れてた。

なんだか他人事《ひとごと》のように思えるくらい、ぼんやりした記憶。私の頭の中には、前世の記憶もあるから、重要なこと以外はとても曖昧《あいまい》だ。黒巣くんはどうなのだろう。

せっかくだから訊いてみようかと思ったけれど、きっと彼も覚えていないでしょうね。

「これで留守電設定かんりょー」

「あ、ありがと」

しまった。後半、全然聞いてなかった。耳の近くで聞こえた黒巣くんの声に我に返り、距離の近さを忘れた私は、うっかり彼の方を向いてしまう。その瞬間、黒巣くんの頬に当たった。私の唇が。

バッ！

目を見開いた黒巣くんが一時停止したあとに、飛び退《の》くように立ち上がった。

携帯電話は私の膝の上に落ちる。

「お、おまっ……なにっ……！」

「ごめん。近さを忘れてた」

近付き過ぎたのは黒巣くんだから、私ばかりを責めないでいただきたい。

でも一応謝る。ま、たかが頬に唇が触れただけですし。

「わ、わかるだろうが！　こっち向けばどうなるかぐらいっ！」

「ごめんってば」

「謝ってすむっ、わけ、なっ……」

怒っている。間接キスとか、嫌うタイプなのでしょうか。

私の唇が触れた右頬を拭《ぬぐ》おうと上げた右手は、何故か寸前で止まる。拭うことを躊躇《ちゅうちょ》しているようだ。まるでバイ菌扱い。ウイルスに感染して熱が上がったみたいに、黒巣くんの頬が紅潮した。

右頬辺りをさまよう右手は、ただフルフルと震えるだけ。歯痒《はがゆ》そうに強張《こわば》る顔は、耳まで赤くなった。

「ふっ、ふっ……ふざけっ……」

か細く零《こぼ》れ落ちる声。まるで死に至る毒を浴びたみたいに、弱々しい。

ただちょっと唇が触れただけで大袈裟《おおげさ》です。ヴィンス先生に指先や傷口を舐められても動じなかった私を見習ってください。

……私が非常識なのですか?

「ぶぁかっ……!」

この上なく弱々しい〝ぶぁか〟を吐き出すと、黒巣くんは男子寮へと走り去った。

男子寮の入り口を見ていた視線を、賑わうラウンジのテーブルへ向ける。

黒巣くんが騒ぐから「喧嘩?」と疑問の目を向けてくる一部の生徒。

幸い私が黒巣くんの頬に唇を触れさせてしまった場面は、見られていないみたいだ。

それにしても、怒りすぎです。このあと、必死に頬を除菌する黒巣くんが目に浮かぶ。

そこまで嫌がることないじゃないですか。軽く傷付く。桃塚先輩なら笑って許してくれるのに。

ま、明日になれば忘れていることでしょう。私は膝の上の携帯電話を手に取り、部屋に戻ろうと立ち上がる。すると真横に人の気配。顔を上げれば、かなり高い位置に頭がある。

オレンジの髪をした長身の眼鏡男子。不機嫌にしかめられた顔で、橙先輩が私を見下ろしていた。

「おいコラ。ネレン。なんで草薙とは飯食って俺らとは食わねーんだよ、あ゛ぁ？」

こちらも怒っていらっしゃる。懐いてから、私を執拗《しつよう》に昼食へ誘ってきたけれど、あの流星の一件以来控えめになっていた。私の体調が悪かったのもあってしばらく大人しかったのに、目の敵《かたき》にしている風紀委員の草薙先輩とランチをしたことにお怒りのようだ。

桃塚先輩が宥《なだ》めてくれないだろうか、と彼の姿を捜したけれど、まだバイトから帰ってきていないらしい。体育祭の練習の疲労があるから、今はあまり橙先輩と会話したくないです。

生徒会と昼休みを過ごすことは避けたいけれど、橙先輩はしつこく食い下がるに違いない。私も譲るつもりはないから、長引きそう。

「すみませんが、疲れているので……」

「明後日の昼休みは俺達と過ごせ！」

ああ、結局こうなる。

「あの、お断りします」

「なんでだよ⁉　アイツと草薙はよくってなんで俺とはだめなんだよ⁉」

アイツとは恐らくヴィンス先生のこと。今まではヴィンス先生がいたから生徒会とのランチを避けられた。ヴィンス先生とのランチがなくなったことを知り、チャンスだと思えば、草薙先輩に先を越されて腹を立てているのでしょう。桃塚先輩にアドバイスされたように、橙先輩はしつこい。

一度惹かれた相手にはいつまでもじゃれてくるツンデレキャラ。

疲れている今、この状況をどう切り抜けたらいいものか。突っぱねても効果はない。だからと言って、受け入れてしまったら、生徒会とのフラグが立つ可能性が高くなってしまう。

私は肩を竦《すく》めた。すると、びくっと震えた橙先輩が心配そうに顔を覗き込んできた。

「宮崎さん」

そこに七瀬さんが近付いてくる。

これ幸いと、腰を上げようとしたら、頭を鷲掴《わしづか》みにするように手を置かれて阻止された。

ギン！　と目から光線でも出しそうな様子で七瀬さんを睨《にら》みつける橙先輩。

ピタン、と止まった七瀬さんは、後退《あとずさ》りした。

こんな長身で目付きの悪い人に睨まれたら、当然怯《おび》えますよね。

後退りした七瀬さんは、突っ立っていた女の子とぶつかった。そして、その女の子の腕にしがみつく。

よくよく見たら、女の子は園部くんだ。肩より長い黒のウィッグを被《かぶ》っていて、スカートを穿いている。それだけなのに女の子にしか見えない。脚、細い。

「すみません、橙先輩。宮崎さんをお借りしてもいいですか？」

七瀬さんを腕にくっつけたまま、歩み寄った園部くんは猫なで声を出して微笑《ほほえ》んだ。

「だめだ！　俺が先だ！」

美少女の笑顔なんて、とばかりに橙先輩は蹴散らすように吠える。

「えぇー。私達の方が先に約束してましたもんー」

と臆することなく園部くんが言う。約束した覚えはないですけど。末恐ろしい子だ、園部くん。

なんとも可愛らしい女の子を演じている。可笑しすぎて、吹いてしまいそうだ。

「あぁ？　俺が先だってーの、今見えてるだろ！」

橙先輩は譲らない。

「七瀬さん達との約束が先なので、放してください」

「だめだって言ってんだろ‼」

ガルル、と唸《うな》る橙先輩はやはり譲らない。園部くんはスッと手を差し出してくれた。

それを掴むと七瀬さんも掴んでくれて、二人して引っ張ってくれる。

しかし、頭に置かれていた橙先輩の手に反対側の手が掴まれた。

「痛いっ」

「！」

その力が強すぎて震えると、橙先輩はすぐに放す。

痛いじゃないですか。ムッとして睨むように見上げれば、今度は橙先輩が肩を震わせた。

「おいおい。可愛い子に乱暴しちゃだめだぜ」

そこに入ってきたのは、ジャージ姿の草薙先輩。草薙先輩の登場で、橙先輩の気が逸《そ》れる。

それを見逃さなかった園部くんが私を引っ張った。

「あっ、待て！」

「いいよ、行って」

「なに勝手に決めてんだよ！」

「女の子に強引な態度はよくないだろ、橙。行っていいよ」

草薙先輩は橙先輩を抑えて、私達を逃がしてくれる。

ラウンジ中に注目されているから、早く退散しよう。

「てめっ！　表出ろや!!」

「わかった、わかった。表で話そうな」

橙先輩が喧嘩腰だから、周りの注目は彼らに集中する。

その隙に七瀬さんと園部くんに手を引かれて女子寮に入った。……入った。園部くんも、何の躊躇《ためら》いもなく、入った。男子禁制の女子寮に入りました。誰も気付いていないのですか。

「……園部くん。まさか君ってよく女子寮に来てるの？」

「……俺は紅葉にしか興味ない」

「うん、きょんはあたしの部屋にしか来てないよ！」

「そういう問題じゃないよ」

女の子のフリをやめた園部くんはしれっと言う。いくら恋人にしか興味がなくても、恋人の部屋にしか行かなくても、男子禁制の女子寮に来てはいけません。七瀬さん、親指を立てて笑わない。

私は諦めたようにため息を吐いた。

「これから七瀬さんの部屋に行くの？　一人部屋？」

「うんっ、一人部屋！　いっぱい衣装あるんだ、宮崎さんにもぜひ見てほしくて！」

楽しそうに七瀬さんが笑いかけてきた。七瀬さんとサクラは仲良くなれそうですね。でも二人をいっぺんに相手したくないから、紹介はしたくありません。疲れそう。

案内された部屋は三階。七瀬さんの部屋は、実に女の子らしくピンクや赤の物が多くあった。カーテンは白とピンク。ベッドは桃色のタオルケットで、その上には大きな二つのぬいぐるみが置かれていた。

七瀬さんの手作りだと園部くんが教えてくれる。そんな園部くんはベッドの下から、楕円形のクッションを人数分出した。まるでこの部屋の主《あるじ》みたいです。

七瀬さんはクローゼットを開けて、なにやらガサゴソ漁っている。

「園部くん、その格好はなに？」

「私服」

「そうなんだ」

さすが、女装男子ですね。スカートを穿く抵抗とかは、もうとっくにないのでしょう。クッションに座る園部くんは、女の子らしく膝を閉じて座っている。徹底してますね。その視線はクローゼットを漁っている七瀬さんに向けられていた。

私も恋をしたら、ただ一心に恋する相手を見つめるようになるのでしょうか。園部くんみたいに、七瀬さんだけに一心不乱になる？

そういえば、今まで恋をした自分を想像したことはなかった。女の子は恋をすると変わるとか、可愛くなるとか言うけれど、私も変わるのでしょうか。

どんな風に変わるのでしょう。恋人と笑い合ったり、見つめ合ったり、するのでしょうか。

どんな相手に、どんな風に恋をするのでしょうか。

ふと芽生えた疑問の答えを探していたら、いつの間にか目の前には衣装の山ができていた。

「これ、全部七瀬さんが作ったの？」

「全部ではないよ、アレンジ加えただけのものもあるから」

「でもほとんどは、紅葉が一から作ったものばかりだ」

どれも、店に並んでいてもおかしくないようなクオリティーだ。普段から着られそうな服から、ヒラヒラのレースがふんだんに使われたドレスまである。机の上にはミシンや裁縫道具が所狭しと置かれていて、七瀬さんは大抵この部屋で衣装を作り上げるそうだ。

「このドレスはね、きょんが中一の時に作ったの！　でもこの通り大きくなっちゃったから着られなくなっちゃったんだよね……だから宮崎さんが着てみないかなっ？」

「お断りします」

一着ずつ眺めていたら、ドレスを手に迫ってきたので一蹴する。

衣装の山に崩れ落ちた七瀬さんの頭を、園部くんが優しく撫《な》でた。

……あ。

目の前の光景に、私の手が止まる。思考が止まったように、ただその光景を見つめた。

私の視線に気付いた園部くんが、私に目を向けてきたので咄嗟《とっさ》に顔を逸《そ》らす。

何、しているのでしょうか、私は。

「……そうだ、あの台本の衣装は？　文化祭の出し物でしょ、あれ。もう準備始めているの？」

その場を取り繕《つくろ》うように、私は七瀬さんに話を振った。

「あぁ、お姫様のやつ？　あれはね、まだ正式決定じゃないんだ。昨日他の台本書くって部長言ってたよ」

お姫様と王子様と従者の三角関係のお話はやらないのですか。

「そうだ。七瀬さん、過去の台本とかって持ってたりしない？」

「昔の台本なら学校にあるよ。月曜日に部長に言えばきっと見せてくれるよ！」

過去の台本を見るためには、あの部長に直接頼まなきゃいけないのですね。ハードルが高い。他にも舞台セットのことを聞くと、倉庫にあると教えてくれた。倉庫ならこっそり見てもいいですよね。

「ねぇね、宮崎さん」

「なんでしょうか？」

頬を赤らめて、にこにこしている七瀬さんが改めて私と向き直った。

「音恋ちゃんって呼んでもいいかなっ？」

「……」

なんとなく園部くんの顔色を窺《うかが》う。彼は答えを待つように黙って私を見ていた。

「前から宮崎さんと友達になりたいと思ってたんだぁ……これも何かの縁だよ！　あたし達と友達

になってください！」

はにかみながら、七瀬さんはそう言って私に右手を差し出す。

あたし達ということは、園部くんも私と友達になりたいと言うことなのでしょうか。

「……こちらこそ、よろしくお願いします」

「……わっ、わーい！」

あまり深く考えず、七瀬さんの右手を握って答える。すると、彼女は緊張していたらしく安堵のため息を零《こぼ》したあと、園部くんに嬉しそうな笑みを向けた。園部くんも七瀬さんに静かな微笑《ほほえ》みを返す。

「音恋ちゃん！」

「はい」

「えへへ、あたしのことは紅葉でいいよ！　あとね、きょんはきょんでいいから！」

「紅葉ちゃんときょんくん？」

「うん！　友達できたよ、きょん！」

「うん」

嬉しくてしょうがないと言った様子で報告する七瀬さんに、「よかったね」と微笑む園部くん。

なんだか二人の関係を羨《うらや》ましく感じました。

十五話　桜色の頬

月曜日の朝。少し身体が怠《だる》くぼんやりしていた。これは体調が崩れる前兆です。

毎日、ヴィンス先生のチョコ攻撃が続いている。

今日の午後は全学年合同の体育がある。あまり無理をしないようにして早めに眠ろう。

これ以上学校を休むとテストに響いてしまう。高等部では、学年一位をキープしたい。

「おはよう、ネレン！　桃塚先輩！」

「……おはよう、サクラ」

桃塚先輩との朝食を終えてエスプレッソを飲んでいたら、いつもより早くサクラがラウンジに現れた。今日は栗色の髪を高い位置で結んで、リボンをつけている。

「じゃーん！　昨日リボン買ったんだ！　最近ネレン、ポニーテールでしょ？　リボンつけたらもっと可愛いと思って！　あたしとお揃いだよ！」

サクラの手にもう一本同じ赤いリボンがあった。それを私に渡すために、わざわざ早く来たみたいです。

「あ、じゃあ僕がつけてあげるね」

「えー！　だめです、あたしがつけてあげるんです！」

「えぇー、僕がつけてあげたい」

「じゃあ、じゃんけんです！」

「じゃんけんポン！」

勝者は桃塚先輩。ちょうど、ポニーテールにし忘れた髪を、桃塚先輩に結びたいと言われていたところだったのだ。しぶしぶ桃塚先輩にリボンを渡すサクラは、私の向かいで拗《す》ねている。

「ありがとう」と私が伝えると「どういたしまして！」とサクラが笑った。

桃塚先輩は私の後ろに回って、手櫛《てぐし》で髪を纏《まと》めていく。時々桃塚先輩の手が耳をかすめて、擽《くすぐ》ったかった。

「どう？」

「ネレン、可愛いっ！」

手早く結び終えた桃塚先輩が、私の両肩に手を置いてサクラに感想を求める。サクラは満面の笑みで応えた。貴女の方が可愛いと思います。

「あ、音恋ちゃーん！　おはよう！　桃塚先輩もおはようございます！」

そこに七瀬さんと園部くんがやって来た。

七瀬さんは手を振り、ブレザーを着た園部くんは軽く頭を下げてくる。

今の時間、ラウンジの席のほとんどが埋まって生徒で賑わっているので、私も桃塚先輩も声は出さずに手を振り返した。

「だ、誰……!?」

七瀬さん達と私達を交互に見ていたサクラが、顔を強張《こわば》らせて問う。

「C組の七瀬さんと、恋人の園部くん。桜子ちゃんどうかしたの？」

「えっ、えっ、だって……」

目の前のサクラは何故かとても動揺していた。その様子に私と桃塚先輩は首を傾《かし》げる。

「……ネレンのこと、下の名前で呼ぶの……あたしだけだったのに……」

弱々しくサクラが零《こぼ》す。

あぁ、確かに。学校で私を下の名前で呼ぶ女子はサクラだけだ。サクラ以外は〝宮崎さん〟だった。

気付かなかった……

「あはは、そんな暗い顔しないで、桜子ちゃん。親しい呼び方をするのは同じ演劇部になるからだよ」

「演劇部に入るの？」

「えっ……聞いてなかったの？」

そういえば、話してませんでした。

桃塚先輩のフォローは追い討ちになったらしく、サクラは目に涙を浮かべる。

うるうると私を責めるように見てきた。

「あたし、親友だよね？　親友なのにぃいっ」

「ごめんなさい」

演劇部に入るかどうか迷っていたし、なかなかサクラに言う機会がなかった。

秘密にしていたわけではない。悲しませたくない。

目の前で傷付いたような顔をするサクラに、私は申し訳なくなって、心から謝る。

「ほ、ほら！　体調が悪かったし、言うの忘れちゃったんだよ！」

桃塚先輩がまたフォローしてくれた。

「あ、そっか……」とサクラは理解してくれて、まだぎこちなくだったけれど、私に笑いかけてくれた。

私は改めて、サクラに演劇部へ入ることになったいきさつを報告する。サクラも朝食を取りながら私の話を聞いてくれたので、登校するまでそこで話した。

その頃には、サクラも元通りの明るい笑顔を見せてくれて、私は胸を撫《な》で下ろした。


相変わらずヴィンス先生は、物憂《ものう》げな様子。とりあえず、毎日のチョコ攻撃をやめてもらいたい。熱を帯びた青い瞳に至近距離から見つめられるのも嫌だけど、雨の日の子犬みたいな眼差しも嫌です。

今日の放課後、演劇部に行く前に保健室に寄って笹川先生に相談してみよう。

昼休みは、草薙先輩とサクラと一緒に中庭のベンチへ行く。私は草薙先輩へ、土曜日の謝罪をした。

「大丈夫だよ」

草薙先輩は爽やかに返す。

「なんか橙の奴、すんげー宮崎のこと気にしてたぜ。〝俺の後輩だ、てめーには渡さねぇ！〟ってさ。人気者だな、宮崎も姫宮も」

橙先輩がその台詞《セリフ》を言う姿が目に浮かんだ。

「いい先輩なんです！　でも、ネレンとのランチは譲れません！」

サクラは橙先輩をフォローしつつも、そう断言してくれた。頼もしい味方だ。

橙先輩は先輩風を吹かして私を守ってくれようとしているのだろうけれど、私のイメージでは嫌がっているのに大型犬がしつこく遊べとじゃれてくる感じ。

軽く笑う草薙先輩の顔を見ながら、私はちびちびとお好み焼きそばパンを食べる。

「そういえば、宮崎は先週の合同練習いなかったから知らないよな。おれら、同じチーム」

「チーム？」

「二つのクラスがチームになって、トーナメント戦をやるんだよ！　草薙先輩と同じチームなんて運命だね！」

「あはは、橙と姫宮もだろ？」

言われて、そんな競技があったことを思い出す。全学年で二つのクラスがチームになり、棒取り合戦をやる。黒い棒が十本、白い棒が十本、真ん中に白黒の棒が一本。どちらか多く棒を取った方が勝ちというシンプルな競技だ。まずは一年と二年のセットで作ったチーム同士が戦い、勝ち残ったチームが三年のチームと戦う。漆黒鴉学園高等部体育祭の目玉競技だ。

私とサクラの一年B組と橙先輩と草薙先輩の二年B組が同じチーム。チームBだ。

これはゲームのイベントにもありましたね。騒々しそう。

「一緒に頑張ろうな」

「はい！」

「二人とも気合い十分だなぁ、お揃いのリボンして」

「はい！　ネレンとお揃いにしたくて！」

私を挟んで会話をするサクラと草薙先輩。私はサクラに草薙先輩との会話を任せて、黙々とお好み焼きそばパンを食べる。昨夜は雨が降ったので、足元の地面が湿っていた。

今日も空は曇っていて、そのうち雨が降ってきそうだ。雨は降らないでほしい。頭痛が起きる。

「桜子って、可愛いよな」

そんなことを考えていると、草薙先輩がいつもの爽やかな笑顔で、さらりとサクラを下の名前で呼び可愛いと言った。

突然下の名前を呼んで、女の子をドキッとさせるテクニックですね。

さすがは天然たらし王子。サクラの反応はどうだろうと隣に目を向けると。

サクラは目を見開いて——頬を桜色に染めていた。

「……っ、ネ、ネ、ネレンの方が可愛いっ、ですから？」

私の肩を掴んでサクラは私を草薙先輩に突き付ける。そんなサクラは先程より赤みを増した顔をしている。これは今まで見たことのない反応だ。私も目を見開く。

草薙先輩の天然たらしテクが、サクラに通用した？

これはもしかして……

「あー、そうじゃなくて、今のは音恋が大好きなとこ。仲良しですんげぇ可愛いって意味」

「っ……！　ネレンの方が可愛いですってばっ‼」

「？」

真っ赤になって私を盾にするサクラ。そんなサクラに首を傾《かし》げる草薙先輩。

間にいる私はただただ唖然としていました。

「すみません……私、用事があるので……これで失礼します」

「えっ！　ネ、ネレン？」

私はさっと腰を上げて、白い薔薇の庭園へと歩き出す。

一緒にこようとしたサクラに「ここにいて」と振り返って言えば、サクラは力なくベンチに座り、ただ〝行かないで〟と目で訴えてきた。

正確には〝草薙先輩と二人にしないで〟かもしれません。

私はそれに気付かないフリをして、中庭から離れる。そのまま、私は中庭から少し離れた、庭園の白薔薇のアーチに身を隠した。

その場にしゃがんだ私は、そっと中庭の方を窺《うかが》う。中庭からは少し距離が離れているから、二人の声は聞こえないけれど顔は見える。

サクラの頬は桜色に染まったまま。草薙先輩の横で気まずそうに目を泳がせている。

サクラは今、草薙先輩にドキドキしているのでしょうか。私はこの状況にドキドキしています。過去のトラウマから、男性恐怖症になってしまったサクラは、異性に触れることができない。男子とフレンドリーに話すことはできても、恋愛感情を抱くことがなかなかできないのだ。

そんなサクラが、今、異性にときめいている。これはもう恋愛フラグだ！

異性にときめくことさえできれば、サクラは恋を始められる。恋愛をすることで、過去のトラウマを克服できるし、何より幸せになれる。私は、ゲームのようなサクラの幸せを誰よりも願っているのだ。

やりましたね、天然たらし王子様。

しかしそこには一つ問題がある。サクラは草薙先輩の想い人が私だと思い込んでいる。相手に〝好き〟という感情を抱いても、それを抑え込むというパターンになりかねない。まずは早急にこの誤解を解かなければ、二人の恋は進展しない。サクラの思い込みを正すのは骨が折れるけれど、やっと立ったサクラの恋愛フラグだ。

男性恐怖症を克服し、幸せになれるチャンスをみすみす逃すわけにはいきません。

「何やってるの？　恋ちゃん」

いきなり隣から声をかけられて飛び上がる。けれど、反射的に手が動いて隣に現れた桃塚先輩の口を塞《ふさ》いだ。勢いがつきすぎて、隣にしゃがんでいた桃塚先輩の上に倒れ込んでしまった。

「……すみません」

桃塚先輩を押し倒したまま謝る。

あちらの声が聞こえなければ、こちらの声も聞こえない。慌てて口を塞ぐ必要はなかったのだ。

「う、うん……こっちこそ驚かせてごめん……あの、恋ちゃん」

「桃塚先輩は何故ここに？　今日は食堂じゃないのですか？」

「あ、僕は恋ちゃんに用事があって……あのね、恋ちゃん」

「急ぎですか？　今、ちょっと……目を離せない事情があるのですが」

「その前にさ……僕の上から、退いてくれないかな？」

普通に会話をしていたけれど、私はまだ苦笑を浮かべた桃塚先輩のお腹の上。

「すみません。制服、汚れてしまいましたね」

「ううん、これぐらい平気だよ」

上から退くと桃塚先輩はぎこちなく上半身を起こした。その背中には泥がついてしまっている。払おうとしたら、その手を桃塚先輩に掴まれた。

「こんなところに隠れて何してるの？　あれ、桜子ちゃんと草薙君だよね？」

「あぁ……桃塚先輩は何故ここに？　昼食は？」

サクラの恋愛フラグを見守ってました、とは言えないので質問で返す。桃塚先輩は大きな目をぱちくりさせたけれど「もう食べたよ」と律儀に答えてくれる。

「恋ちゃんは食べたの？」

「はい。もうお腹一杯です」

桃塚先輩に握られていない方の手には食べかけのお好み焼きそばパン。でももう、食欲はない。

「じゃあそれ、僕が食べるよ」

代わりに食べてくれると言うので、私は食べかけのパンを桃塚先輩に渡す。桃塚先輩はなんの躊躇《ためら》いもなく、食べかけのパンを二口で食べてしまった。

ま、何度も口をつけたものを食べたり飲んだりしていますから、先輩にはもう抵抗がなくなっているのでしょう。

「桃塚先輩は心が広いですね」

「え？　何のこと？」

「間接キスのことです。この前、頬に唇が触れただけで凄く怒られたんです」

「間接チューとほっぺにチューは違うよね」

「……同じじゃないですか？」

「え、違うよね⁉」

首を傾《かし》げたら、ギョッとされてしまった。似たようなものではないのですか。

「え、じゃあ唇にチューは⁉」

「………同じじゃ」

「違うよ‼　だめだよ、恋ちゃん！　その認識！　絶対によくない、よくないと僕は思うよ‼」

「はぁ……とりあえず大きな声を出さないでください」

唇にキスなんてしたことがないからよくわかりませんが。

私の肩を掴んで必死の形相を浮かべる桃塚先輩に頷いて声量を下げてもらう。

「今後は間接チューもほっぺにチューも押し倒すのも恋人以外とはしちゃだめだよ！　めっ！」

「はい」

母親が小さい子を諭すように言われて、とりあえず頷いておく。

すると桃塚先輩は深く息を吐いた。

「……でも、その子も怒ることないよね。ほっぺに当たったくらい、同性なら別に怒ることじゃないもんね」

「？　いえ――」

一言も相手が同性だとは言っていないのに、桃塚先輩は勝手に相手を女の子だと勘違いしている。

怒った相手は男の子で黒巣くんだと伝えようとしたら、桃塚先輩が視線を上げる。その視線を追いかけると、庭園の入り口に橙先輩が立っていた。橙先輩は私達に身体を向けていたけれど、顔はアーチの向こうにいるサクラ達へ向いている。

「あの野郎……なに考えてんだ？」

しかめっ面《つら》をしている橙先輩は、真っ直ぐサクラ達の方へ歩き出す。

橙先輩は、サクラが草薙先輩といても気に入らないらしい。せっかくの恋愛フラグを邪魔しないでほしい。

「橙先輩、草薙先輩に絡まないでください」

「アイツをサクラから引き離す！　ネレンからもな！」

ズカズカと、橙先輩は私の制止も聞かず、真っ直ぐサクラ達の方に歩いて行ってしまう。

本当に、邪魔をしないでほしい。

私は隠れていた庭園のアーチから出て、橙先輩を追いかける。

すると、私に気付いたサクラが、ダッシュしてタックルしてきた。痛い。

「体育始まっちゃうから早く行こう！」

焦った様子のサクラが私を急《せ》かす。ああ、本当だ時間だ。桃塚先輩達に会釈《えしゃく》してから、私とサクラは着替えるために更衣室へ向かう。

歩きながら、サクラの恋愛フラグを見守るのもなかなか大変だ、と私はこっそりため息をついた。

十六話　秘密の暴露

今日の五時限目の体育は、一年生全体で学年種目の『翔《と》べ孫悟空《そんごくう》』の練習。

ヴィンス先生の配慮のおかげで、男性恐怖症のサクラは男子生徒と触れ合うことなく参加できる。

とは言っても練習中の移動で偶然肩がぶつかるなどの事故が起きないとも限らないので、私は気が抜けない。

サクラは練習に集中すると周りが見えなくなってしまうので、私がそれとなくフォローしておかないと。

けれども、そのせいで私は自分の周りに無警戒だった。

ドン。軽く誰かと背中がぶつかる。

「あ」と聞こえてきた声は、黒巣くんのもの。

振り返ると、彼もちょうど振り返ったところで「あ」と一緒に声を漏らす。

B組のすぐ隣でA組が練習していたみたいだ。今は各クラスの個別練習タイムで、競技を練習したり作戦について話し合ったりしている。

皆と同じく体操着姿の黒巣くんは、まだ昨日のことを怒っているのか、ツーンとした態度でそっぽを向いた。

「まだ怒ってるの？」

「……」

「たかが唇が触れただけでしょ」

ピク、と黒巣くんの眉毛が反応する。

「私が嫌いなのはわかるけど、そんなに怒ることじゃないでしょ」

すると、また、ピク、と黒巣くんが僅《わず》かな反応をした。今度は、じとーっと憎たらしそうに、私を睨《にら》み下ろしてくる。

そんなに怒るほど、嫌いって意味ですか？

「どうしたの？」

そこへ緑橋くんが近付いてきた。話しているのを見て気にしたみたい。私と黒巣くんを交互に見ると首を傾《かし》げる。

「べっつにー」

黒巣くんは作戦会議をしてたらしい、A組の輪に戻ろうと歩き出す。

「あ、あの、宮崎さ」

緑橋くんはその場に残って私に何か言おうとした。でも黒巣くんが、緑橋くんの体操着の襟を掴んで引っ張る。

「宮崎。秘策思い付いたってさ、行こう」

緑橋くんの言葉と重なるように、ポン、と私の肩を叩いて声をかけてきたのは、木下くん。クラスの輪から離れてしまった私を、わざわざ呼びに来てくれたようです。

「……秘策ー？　どうせ俺達が勝つんだし、無駄な足掻《あが》きはやめたらー？」

木下くんと一緒に皆のところへ戻ろうとしたら、突然くるりと方向転換した黒巣くんが皮肉を言ってきた。

人の神経を逆撫《さかな》でする、黒巣くんらしい意地悪な笑みを木下くんに向けている。

「……そんなの、やってみなきゃわかんないだろ」

突然、黒巣くんに絡まれて戸惑った様子の木下くんだったけど、ムッとして反論した。

「あっそー、精々無駄な足掻きをしてればー？　練習も本番もA組が圧勝してやるよ」

練習試合では、A組が連続で一位を取っていて、B組は三位と四位。勝ちを確信しているようです。

それにしても、さっきまで私に怒っていたのに、矛先《ほこさき》が木下くんに向いている。何故でしょう？

「……なんだとっ！」

「なんだよ」

「ちょ、ナナ！」

やけに挑発的な黒巣くんの態度に、木下くんが食ってかかって一気に険悪ムードに突入する。慌てた緑橋くんが、黒巣くんを止めにかかる。

しかし、間の悪いことに、二人の異変に気付いた双方の友人が集まって来て、クラス同士で喧嘩腰になる。まさに一触即発。黒巣くんは友達は多いけれど、モテすぎる上に人の神経を逆撫でする悪癖の持ち主だから敬遠されてもいる。クラスの違う木下くん達とは友達ではないし、黒巣くんと友達になりたそうには見えない。緑橋くんが黒巣くんを含めたA組の人達を必死に宥《なだ》めようとしているので、私も木下くん達の前に立って宥めようとした。しかし。

「宮崎は退いてろよ！」

興奮した様子の木下くんに、押し退《の》けられてしまう。

危うく転びそうになったけど、何とか踏み留まったら「っおい！」と、背後で黒巣くんが大きな声を上げた。

「やんのか!?　ちょっと顔がいいからって図に乗んなよ！　黒巣！」

「ハッ！　妬《ねた》みかよっ！　つうかお前誰だよ」

「木下だ！」

今にも掴みかかりそうな木下くんに、皮肉たっぷりな黒巣くんが鼻で笑い、目の前の緑橋くんを押し退ける。体勢を崩した緑橋くんの背中と私の背中が衝突して、今度こそ私はグラウンドの上に転んでしまった。

「わわっ!!　宮崎さんごめん！」

「！」

「宮崎！　大丈夫か！」

「ん……いっ」

あわてふためいた緑橋くんが起こしてくれる。木下くんとその友達も駆け寄って心配そうに覗き込んできた。

私はというと、掌が痛い。見ると、地面についた方の掌が真っ赤になっていた。

ああ、痛いです。

「宮崎！」

焦ったように名前を呼ばれたかと思ったら、真っ赤になった右手を掴まれ引っ張り上げられた。

顔を上げれば、血相を変えた黒巣くんだ。

「なんでこんなとこに硝子《ガラス》なんかっ!!」

私の掌が硝子で切れたらしい。黒巣くんが私の手に刺さっている硝子を抜いて、痛みが走った。

一センチほどの小さな硝子。おそらく、キーホルダーか何かの残骸でしょうか。

校庭に落ちていた硝子の上に運悪く手をついてしまった私は、掌を五センチほど切ってしまった。

派手に出血はしているけど、見た目ほど重傷ではない。掠《かす》り傷程度です。

「早く保健室に行きなさい。お前達は事情を話しな」

騒ぎに気付いて駆けつけてきた雪島先生が言った。そのあと、キッ、と鋭い視線を木下くん達に向ける。

お説教ですね。ちょっと寒気がします。

私が保健室に行こうと歩き出したら、右手首を掴んでいた黒巣くんもついてきた。

「いいよ、一人で行ける」

「は？」

「君が騒ぎの発端《ほったん》でしょ、逃げないの」

手首を掴む黒巣くんの手を退《ど》かして、私は一人で校庭を歩く。

いくら身体が弱くても、この程度で倒れたりはしない。

ふと視線を感じて顔を上げれば、校舎の三階の窓にヴィンス先生の姿を見付けた。心配で堪《たま》らないといった視線から隠すように右手を握って視線を逸《そ》らした。

まずは傷口を洗おうと思い、私は渡り廊下を横切って中庭の水道に向かう。冷たい水を流し、傷口を確認しながら砂と血を洗い流す。そうしていたら、私を覆うように影が降ってきました。誰かが背後に立ったようです。

私が振り返るよりも先に、背後から右手首が掴まれた。

その手が後ろに引かれたと同時に私も振り返ったら——真紅の髪を靡《なび》かせた赤神先輩がいた。

何故ここにいるのだろう。

授業が早く終わったのでしょうか。あまりにも突然で驚いた。

「怪我、したのか？」

静かに赤神先輩が問う。その目は、じっと私の手を見ている。

「はい、掠《かす》り傷です……」

呆然としつつもそう答えて、私は手を引っ込めようとした。けれど、赤神先輩は掴んだ手を放してくれない。

じっと血の流れる掌を見つめている。

その様子がどこかおかしくて、私は悪い予感がした。最後に会った時のぎらついた眼差しを思い出して危機感を覚えた私は、掴まれた手を引き抜こうと精一杯引っ張った。

「ヴィンセントの血で治してもらうのか？」

「えっ」

私に目を向けた赤神先輩が、口にした言葉に息を呑んだ。

その言葉は、ヴィンス先生の正体が吸血鬼だと認めるようなもの。学園関係者の赤神先輩は、知らないふりをすべきなのに、私に明かした。

「ヴィンセントにはもう近付くな」

強く私に告げながら、赤神先輩のダークブラウンの瞳が再び私の掌を見つめる。

「アイツといると危険だ」

ヴィンス先生を危険と告げる彼の方が、今はよっぽど危険に感じる。

私は内心の焦りを隠しながら、掴まれたままの手を強く引く。けれど私の力では彼にはかなわない。赤神先輩の手はびくともしない。

赤神先輩は熱のこもった眼差しで掌を見つめたままだ。そこでようやく私は、傷口から流れる血から目が離せないでいるのだと気付いた。赤神先輩は、血の匂いに誘われて、私のもとへ現れたんだ。

ちゅ。

嫌な予感しかしない。そしてその予感は的中した。

赤神先輩のぎらついた瞳の瞳孔が、鋭く尖った。それは吸血鬼の瞳。

リップ音を立てて、赤神先輩は私の掌に吸い付いた。

その行動に目を見開く。

血を吸われている。そう認識はしたけれど、赤神先輩の行動の意味がわからず困惑する。

私は呆然としたまま、ただ立ち尽くす。

「俺は吸血鬼だ」

ぎらついた吸血鬼の瞳に私を映しながら、赤神先輩が告げた。

カミングアウトを、した。

自分の正体は、吸血鬼だと。

「俺が守ってやるから……」

低く囁かれた声が私の身体から抵抗する力を奪っていく。

赤神先輩は唇から覗く牙を隠しもせずに、私の掌に生温かい舌を這《は》わせる。

ビク、と私は肩を震わせた。

逃がさないと言わんばかりに、お腹に赤神先輩の右腕が回される。

血を舐められている傷口がむず痒《がゆ》くて少し痛い。

「ネレン……んっ」

恍惚《こうこつ》とした声で囁きながら、熱い吐息を掌にかけられて私の身体がゾクリと震えた。

だめだ。この状況はいけない。

今すぐ私は、赤神先輩の手を振りほどいてここから逃げなくてはいけないのに、力の入らない私の身体は立っているだけで精一杯。

目を閉じることもできず、血を舐める赤神先輩を見ていると、先輩が顔を上げた。

赤神先輩は艶《なまめ》かしい眼差しで私を捉える。

「俺といろ……」

あ、まずい。今、暗示をかけられたら……

吸血鬼の血を体内に入れていない今、私には吸血鬼の暗示が効いてしまう。

それがわかっているのに、私は赤神先輩から目を逸《そ》らせなかった。

熱のこもった眼差しを真っ直ぐに注《そそ》ぎながら、私の手をぎゅっと握り締める赤神先輩に、もう暗示をかけられてしまったのでしょうか。

まるで囚われてしまったように身体が動かない。

「んっ」

もう片方の手が、私の首の後ろに回されたかと思うと、顔を引き寄せられる。

真紅の髪が私の顔に触れるほど近付いても、動けない。

瞳孔の尖ったぎらついた瞳に、息が止まる。

「ネレン……」

私の唇に、熱い息が触れた――

その刹那。

ヴゥン！

強風が吹き荒れたと同時に、赤神先輩の姿が私の視界から消える。

私の結んだ髪が宙を舞って、重力に従いぱさりと落ちる。

ガシャン!!

ここから離れた白い薔薇の庭園の向こうで大きな音が響いた。

突然解放された私は、呆けてその場に立ち尽くす。

ゆっくりと瞬《まばた》き三つしてから、私は息を吸い込んだ。ようやく正常な思考が戻ってくる。辺りを見回しても先輩の姿はどこにも見当たらなかった。

庭園の向こうからは、大きな音が断続的に聞こえてくる。一体何事かと音のする方に足を踏み出したら、右腕を掴み止められる。

「手当て」

黒巣くんはぶっきらぼうに言った。

ガシャン!!

また庭園の向こう側、学校のフェンス辺りから騒音が響く。

「赤神先輩のおかげで俺は助かったけど。……アンタもさっさと洗った方がいいぜ。あとが怖いだろ」

そう言って黒巣くんが水道に私の右手を押し出した。赤神先輩が舐めたことで、吸血鬼のマーキングがされた右手。きちんと洗い流さないとモンスター達には私が赤神先輩のものだと認識される。

赤神先輩が私の血に誘われて来たのなら、ヴィンス先生にもわかったはず。

そして今のをヴィンス先生が見ていたのなら……。赤神先輩が一瞬で私の前から消えたのは、もしかしてヴィンス先生の仕業《しわざ》？　じゃあ、この騒音は……

その可能性に私が微妙に顔を歪ませて黒巣くんを見ると「自業自得《じごうじとく》だ」と冷たく言われた。

助けてあげないのですか。

ヴィンス先生はきっと、赤神先輩の吸血行為と私へのマーキングにキレたのでしょう。今も激しい騒音が聞こえてくる。いくら吸血鬼の自己治癒能力が高くても、最強と言われる純血の吸血鬼に痛めつけられたら赤神先輩とて無事では済まないでしょう。

学園から次第に遠ざかっていく音を気にしていたら、黒巣くんは私の内心を読んだように「アンタと違って、二日で完治する」と言って背中を押した。

「まずいよね、あれ」

「大問題だ、アンタのせいで」

「……黒巣くん、まだ怒ってるの？」

背中を押されながら歩いているから、黒巣くんの顔は見えない。けれど突っ掛かるような口調だ。

「…………悪かった。俺のせいで……怪我……」

後ろで黒巣くんがボソッと言った。よく聞こえなくて、振り返ろうとしたら、両肩をがしりと固定されて阻止された。

「はぁ？」

「だ、だいたいなんでさっき抵抗しなかったんだよ、そのまま食べられたかったんですかー？」

「うっかり……いや、うっとりしちゃったんだ。あまりにも先輩が色気たっぷりに囁くから」

黒巣くんから呆れた声が返っくる。

「前世の私なら心臓止まってたかも、比喩じゃなく」

「……アンタ、絶対趣味悪い」

「そうかな？　エロボイスって人気があると思うけど」

「エロボイスって……アンタなぁ」

「あの声になら、喜んで耳攻めを受けたいと言うファンは多いと思うよ」

「みっ…………はぁ……理解できねぇ……」

次は大きなため息を吐かれた。

声を素敵だと思わない人には、この気持ちはわからないでしょうね。

靴を脱いで冷たい廊下を靴下のまま歩いて、保健室に向かう。ちょうど笹川先生が保健室から出てきて、廊下の窓に手をかけるところだった。先生もあの騒音に気付いたのでしょう。

「どうした？　怪我したのか、音恋ちゃん」

「転んだ拍子《ひょうし》に掌を硝子《ガラス》で切ったんですよー」

黒巣くんが私より先に、答える。笹川先生は私の右手を取って、保健室に入るよう促した。

パイプ椅子に座ると、傷を確認した笹川先生が手早く消毒をして手当てをしてくれる。

その間、黒巣くんは後ろのベッドの上に座り、黙っていた。

私は、今あったことを目の前の笹川先生に話すべきかどうか迷う。

ここで選択を誤れば、間違いなく関係者になってしまうので迂闊《うかつ》なことは言えない。だけど、黒巣くんが言うように、白昼堂々学園内で吸血鬼が暴れている状況は大問題だ。一刻も早くしかるべき手を打たなくてはいけない。

とはいえ、ヴィンス先生もきっと赤神先輩を殺《あや》めるなんてことはしないでしょう。

そんなこと、してほしくない。それだけは信じたい。

祈るように思っていたら、保健室に訪問者がきた。

「宮崎ー？　怪我は平気？」

水色かかった白いボブカットの巨乳の美女、雪島先生だ。

直後に五限目の終わるチャイムが鳴り響いた。

「こら、まゆ。お前が目を離したせいだぞ」

「違うわよ、黒巣達があたしの授業で勝手に喧嘩を始めようとしたせいよ」

笹川先生が厳しい口調で咎《とが》めると、雪島先生は黒巣くんに鋭い眼差しを向ける。

黒巣くんは、つーん、とそっぽを向いたまま反応を示さない。

「可愛くなーい。宮崎はちんちくりんで可愛いのにっ！」

後ろからギュッと抱き締められた。後頭部に雪島先生の豊かな胸が押し当てられる。男子が注目し女子が羨《うらや》む胸。ウエストも細くてスタイル抜群なんて、羨ましい。

私は自分の胸や足を見てみた。白い体操着の上からだとまるわかりの平らな胸。ハーフパンツに隠された太ももについた脂肪を、どうやったら胸に移動させることができるのでしょうか。

先週はケーキを食べ過ぎてお腹回りも気になります。ちんちくりんは褒め言葉ではありません。

「やだ気にしてるー、可愛い。大丈夫よ、好きな男ができれば大きくなるわよ。ねー？　仁」

「俺に振るな」

ニヤニヤと笹川先生に笑いかける雪島先生。笹川先生は、私の手当てに使った道具を片付けている。私の右手には大袈裟《おおげさ》に包帯が巻かれた。また勉強に支障が出なければいいのですが。

そこで保健室に近付く慌ただしい足音が聞こえてきた。勢いよく開かれたドアから、見覚えのある男子生徒が入ってくる。黒い腕章をつけたその男子生徒は、屋上で私にお弁当を食べさせてくれた風紀委員の一人だ。

「あ、宮崎ちゃん」

彼は、一番最初に目が合った私に手を振ってきたので、軽く頭を下げる。

すぐに彼は雪島先生に顔を向けた。

「雪島先生……お願いします」

「えー？　城島が行ったんでしょ。なんであたしまで」

「お願いします」

「……はぁ、わかったわかった」

無関係者の私がいるからか言葉少なに、風紀委員の彼は雪島先生に応援を頼む。雪島先生は、寄り掛かっていた机から身体を起こして風紀委員の彼と保健室を出ていった。

今の会話から推測すると、ヴィンス先生を止めるためにフランケンシュタインの城島先生が仲裁に入っているようです。けれど、城島先生だけでは抑えきれず、雪島先生にも出動要請がかかったのでしょう。

雪島先生は生粋《きっすい》の雪女。力では純血の吸血鬼に敵《かな》わないけれど、一時的に凍らせて動きを止めることはできる。

するとそこで黒巣くんがベッドから降りて、保健室のドアを開けた。

「教室に戻る最中に、また転んだりして怪我しないでくださいよー、宮崎さん」

顔だけ振り返って、私に皮肉を言うと彼は保健室を出て行った。

まるで私がドジみたいな言い方に、ムッとする。

「……黒巣は、音恋ちゃんに親切だなぁ」

机に寄り掛かっていた笹川先生が、腕を組んでそう呟いた。

今の黒巣くんのどこら辺が親切だと思ったのでしょうか。

「ん？　音恋ちゃんの手当てが終わるまで、ずっと心配そうに見ていたんだぜ。音恋ちゃんは背中を向けてたから見えなかっただろうけど」

首を傾《かし》げた私に、笹川先生が教えてくれた。

ま、彼が怪我をさせたも同然ですから、罪悪感でしょうね。

「でもあの捨て台詞《ゼリフ》、ありゃあ素直じゃなさすぎるな」

可笑しそうに笹川先生は笑った。皮肉も嫌味も黒巣くんの悪い癖。本当は悪いと思っているのに、ついあんなことを言ってしまったのでしょうね。

「それにしても、風紀委員はやけにバタバタしていたな……ちょっと見てくるから音恋ちゃんも教室に戻れ。体調は大丈夫だろ？」

関係者ではない私がいたから、今何が起きているのかの報告が笹川先生にはきていない。風紀委員の様子からして、異常事態だと悟った笹川先生は早く確かめに行きたいらしい。黒巣くんもいなくなったことだし、私は笹川先生の白衣を掴んで引き留めた。

「赤神先輩とヴィンス先生が暴れているみたいなんです」

「は？」

目を見開いた笹川先生に、簡潔にあったことを話す。私が怪我をした手を中庭で洗っていたら、赤神先輩が来て血を舐められカミングアウトされたこと。その直後、赤神先輩が唐突に消えて庭園の奥から大きな音が聞こえてきたこと。それを確かめに行こうとしたら、黒巣くんが来て保健室につれてこられたこと。

そこまで話すと、額を押さえて笹川先生は椅子に腰を落とした。

「あー……悪い、音恋ちゃん。音恋ちゃんがあまり深入りを望んでいなかったから話さなかったが……赤神も吸血鬼だ」

「はい、そう言われました」

「本当にすまない。風紀委員も吸血鬼の存在を知ってる」

「そのようですね」

笹川先生は慎重に言葉を選び、必要な情報だけを口にする。

「赤神の奴め……余計なことを」

そう零《こぼ》しながら、笹川先生は頭をグシャグシャと掻いた。

「大丈夫か？　怖かっただろ？」

「いえ、目にも留まらぬ速さでしたので」

「そうじゃなくて、赤神に血を舐められたんだろ？」

「ヴィンス先生にも舐められたことがあったので、特段恐怖心はありませんが」

「……持つべきだぞ、恐怖心は」

私の返答に苦笑を浮かべた笹川先生は、じっと私を見つめる。観察するような眼差しだ。

「音恋ちゃんの物分かりの良さは時々心配になる。普段冷静な奴に限って激しい動揺をするし……外見は冷静に見えて内心は取り乱していたりするからな。音恋ちゃんがどっちなのか、俺には判断がつかない」

内心まで見抜こうとしている眼差しは居心地悪い。

私は目を逸《そ》らさず気丈《きじょう》に見つめ返して「私は年中冷静ですよ」と答える。

すると「そっかそっか」と笹川先生は私の頭の上で右手をポンポンと跳ねさせた。

ふいに気付く。

赤神先輩の言っていた大事な話とは、カミングアウトのことだったのでしょうか。

何故赤神先輩が私にカミングアウトをしたのか。それは自分のことを知ってほしいから？

徐々に赤神先輩が距離を縮めてきている気がする。ヴィンス先生のように。

ヴィンス先生と赤神先輩をどうすればいいのでしょう、と笹川先生に相談してみた。

笹川先生はただ笑って。

「ひたすら無視をすればいい」

と答えた。

ヴィンス先生のチョコ攻撃と赤神先輩の電話攻撃はどうすればいいのかと訊いても、同じように無視をすればいいと返される。

「応えなければ、奴らも諦めるさ」

笹川先生は早く現場に行きたいらしく、それだけ答えると保健室を閉めるために私を追い出した。

前々から応えないようにしているのですがね……

放課後、桃塚先輩から急に生徒会の仕事が入ったから演劇部には付き添えないと、謝罪のメールがきた。

やはりヴィンス先生と赤神先輩の件が大事《おおごと》になっているようです。メールをする余裕はあるようだから、赤神先輩の命に別状はないのでしょう。だけど、一般生徒への吸血行為と器物破損で風紀委員長の血管は破裂の危機を迎えているに違いない。

とはいえ、この事態に他の生徒達が気付いた様子はない。こうしてモンスターの起こす事件は、速やかに隠蔽《いんぺい》され片付けられていくのですね。

いつもと変わらない賑やかな教室を一瞥《いちべつ》して、私は廊下に出て演劇部の部室へ向かう。その途中で木下くんに呼び止められて、一緒に行くことになった。

「さっきは本当にごめんな、宮崎」

「いいよ」

「宮崎がひ弱だって忘れてた」

「……喧嘩売ってる？」

「えっ？　ごめんなさい！」

私のことをひ弱呼ばわりするから、淡々と言ったら怯《おび》えてさせしまいました。冗談なのに。

「木下くんって、短気だったんだね」

「いやー、俺は別に……ただあんまりにも黒巣が突っ掛かってくるからさ。黒巣っていつもああなの？　口悪いってことは知ってたけど」

「普段はああじゃないよ。君が対抗したせいじゃない？」

「えー、なんだよそれ。宮崎までアイツの肩を持つのかよ」

木下くんが顔をしかめる。元々頬に唇が触れた件で不機嫌だった黒巣くんが悪癖を発揮して木下くんに八つ当たりして、それに木下くんが律儀に応えてしまったせいで、売り言葉に買い言葉で火がついたのでしょう。

そう言うと、木下くんは「反省します」と渋々頷いた。

「宮崎っていつの間にそんな生徒会と仲良くなったの？　やっぱり姫宮が仲良いから？」

赤神先輩と桃塚先輩に続き、黒巣くんや緑橋くんとも話しているところを見て、そんな疑問を感じたようです。橙先輩も私とサクラ目当てでよく教室に訪ねてきていたから、私が生徒会メンバー全員と顔見知りだということは知られている。仲が良いとは言いがたいけれど、サクラ関連だということを答えておく。

「姫宮はともかく、宮崎は大丈夫なん？　ファンとかにいじめられない？」

私は無表情ながらその問いへの返答に困った。その時。

「あっ！　音恋ちゃーん！」

後ろから、パタパタと控え目に七瀬さんが駆けてきた。そのあとには当然のように園部くんがいる。おかげで、既にいじめられて、その結果、桃塚先輩のファンの三人が転校させられてしまったことを話さずに済みました。

私達は、体育祭の練習を話題にしながら、演劇部の部室である多目的教室Ｄへ。部室に入るなり、視界に飛び込んできたのは黒髪おかっぱの江藤先輩。

「よく来た、私の可愛娘《かわいこ》ちゃん達！　さぁこの胸に飛び込んできなさい！」

両腕を広げて、声を上げる。そんな江藤先輩の言葉に従って胸に飛び込んだのは、七瀬さんただ一人。

私は江藤先輩の右、園部くんは七瀬さんを引き剥《は》がしつつ左を通って「こんにちは、江藤部長」と挨拶をする。

「くっ……！　我らが演劇部の花形ヒロイン達は顔に似合わずドライね！　だがそこもいい！」

「部長、俺も胸に飛び込んでいいですか？」

「引っ込んでなさい」

めげない江藤先輩に一蹴された木下くんはヘコんだのか、壁に手をついて俯《うつむ》いた。

何故私は花形と称されたのですか。

私は役者になるつもりはないと言ったはずなのですが……

「あれ、音恋ちゃん。台本、見せてほしいんじゃないの？」

「あ……」

ズルズルと園部くんに引きずられている七瀬さんに言われて、今日の一番の目的を思い出す。江藤先輩を振り返ると、彼女は目を輝かせて大きく腕を広げていた。飛び込みません。

「一人で探します」

「案内するわ」

過去の台本は倉庫にあると聞いていた。だから一人で探しに行こうとしたら、江藤先輩に肩を掴まれて引き留められた。とはいえ、倉庫は部室の隣だ。

寮の私の部屋くらいの倉庫には、舞台で使用したであろう小道具や衣装が所狭しと置いてある。

倉庫の一番奥に本棚があり、過去六十年分の台本がぎっしり詰め込まれていた。

「ここの台本はなくされちゃ困るから、持ち出しは禁止なの。読むならここで読んで」

江藤先輩はボリュームのあるクッションを私に渡すと、山のように積まれている小道具を退《ど》かして、机と椅子を使えるようにし、そこに座って新しい台本を書き始めた。

私が持ち出さないように監視をしながら新しい台本作りですか。

最初のようなセクハラ行為がなければいいや、と私は本棚に詰まった台本を読み漁ることにした。

まずは一番古い台本。内容はその時代の学生恋愛を描いたものだった。

「今日は桃塚君、一緒じゃないのね」

「はい。生徒会の仕事があるそうです」

クッションに座って床で台本をパラパラ見ていたら、ペンを走らせる江藤先輩が訊いてきた。

「演劇部《うち》の子達も、桃塚君と貴女は兄妹に見えるって、微笑《ほほえ》ましいやりとりを楽しんでるわ。私も同じ。時々、朝のやり取りを眺めさせてもらっている……でも、本当のところはどうなの？」

ズバッ、と顔色一つ変えずに江藤先輩は訊いてくる。

「本当のところ、と言いますと？」

「実際は交際しているのでは？」

「答えは、交際していません」

「なーんだ、つまらない。小さくて可愛らしい私得《わたしとく》のカップルなのにっ！」

本当に〝可愛いもの〟が好きな人だ。でも私を可愛いと言うけれど、私にとって可愛いと言えばサクラだ。

「桜子には声をかけないのですか？」

「姫宮桜子？」

何故か微妙な反応が返ってくる。それに首を傾《かし》げて、私は江藤先輩を見上げた。

「彼女、よく男子生徒に告白されてるでしょう？」

「……たまに」

「女性はただ気持ちを伝えたくて告白するけれど、男性の場合はね、イエスって答えが出る確信がなければ告白しないものなの。だからよく告白されてる女の子は、思わせ振りな態度をとっている人ということ。可愛くないわ」

つまりいくら容姿が可愛くても、思わせ振りな態度をとっている少女は、江藤先輩にとって可愛い範疇《はんちゅう》に入らないということ？

確かにサクラは、たまに呼び出されては告白されている。でも思わせ振りな態度なんてとっていない。いい意味で八方美人なだけで、分け隔てなく誰にでも明るく無邪気な対応をするだけだ。それを男子が、勝手に自分に好意があると思い込んで、告白してきているのでしょう。

「桜子のことをよく知りもしないで、そんな風に言わないでください。桜子は友達と楽しく過ごしたいだけで、相手が勝手に拡大解釈しているだけでしょう」

あまりにも不愉快だったので、ムッとして反論すると、江藤先輩の眼鏡の奥の目が小さく見開かれた。

「……ごめんなさい、貴女の友達のことを悪く言って」

「……いいえ」

「貴女もそんな風に怒ることあるのね」

静かな倉庫室で、ポツリと江藤先輩は謝罪を口にする。

親友の悪口は聞いてて気分のいいものではない。当然です。

「そうね、美少女ににっこり笑顔を向けられれば、好意があると都合良く思い込むこともあるわよね。私は、にこりともしない貴女の方が好みだったから、貴女に目をつけてたのよ」

愛想がない方が可愛いと思うのは、少々人とずれていると思う。やはり世間は愛想がよくて明るい娘を可愛いと思うものでしょう。そうは思ってもツッコミを入れず、私は次に江藤先輩の台本に目を通す。

「私の話、気に入ったの？」

「はい。時代と展開が好みです」

「時代？」

「私は十七〜十九世紀くらいの英国等を舞台にした話が好きです、異世界ファンタジーも好きですよ」

今手にしている台本は、異世界に迷い込んだ少女とおかしな住人達の物語だ。ユーモアがあってなかなか面白い。

「それならオススメなのが、これよ」

江藤先輩は椅子から立ち上がると、本棚から一冊の台本を抜いた。

渡されたそれを見てみると、確かにとても好みな話。

「これを文化祭でやったのは、私が中等部一年の時ね、その舞台を観て私は舞台作家になることを決めたわ」

江藤先輩の将来の夢を決めたきっかけとなった舞台の台本。それは大変興味深い。どうせなら最後まで読みたい。

しかし、台本は持ち出し禁止。できればじっくり読みたいのに。

「オリジナルじゃないの、それ。原作になった本が図書室にあるから、そっちを読んだら？」

「わかりました、図書室ですね」

「左の四番目の棚の一番上にあるわ。明日私が借りておく」

「いいえ、自分で借りに行きます」

台本ではなく小説の方が読みやすそうだ。

そう言うと、じっと見下ろされた。そしておもむろに、彼女の右手が私の身長の高さまで上がったかと思うと、ぽつりと一言放たれる。

「貴女の身長ではとれないわよ？」

私の身長を測った右手で、いい子いい子と頭を撫《な》でられる。その瞬間、切実に身長が欲しいと思いました。

それから三十分ほど台本を漁って、私は図書室に寄って帰ることにした。まだ正式に入部したわけではないので、本格的な部活動は入部届を提出したあとになる。演技テストに合格したら、「次の台本のヒロインにする」なんて鼻息荒く言われたけれど、私は舞台に上がるつもりはありません。もう一度、釘を刺しておかないと。

一人で図書室に行くと、室内は薄暗く誰もいないようだった。図書委員の姿も見当たらないけれど、図書室の鍵は開いているのだから勝手に借りることにする。

入って左側の四番目の本棚。一番上と聞いていたので、私の胸辺りまである梯子《はしご》を引きずっていく。

外からはテンポのいい掛け声が微《かす》かに聞こえてきた。

来る途中に中庭で見掛けた生徒達だろうか。彼らは二人三脚の練習をしていた。

そんなことを考えながら、私は本棚に到着し目的の本を探す。こげ茶色のその本は、本当に棚の一番上にあった。私は引きずってきた梯子を上がってお目当ての本に手を伸ばす。

手は届いた。けれど、取れない。

分厚い上にぎゅうぎゅうに詰め込まれた本は、簡単に抜くことができない。

「んっ」

なんとしても自分で取る。意地になった私は、梯子の一番上で背伸びをし、本に指をかけようと、その場で跳ねた。梯子がグラッとが揺れる。あと少しだ。

もう一度梯子の上で跳ねると、今度は本の背表紙に指がかかった。私は力任せに、その本を抜き取る。けれど、勢いがつきすぎて、梯子から足を踏み外してしまった。身体が後ろへ傾《かたむ》く。

あ、まずい。私は反射的にギュッと目を閉じた。

しかし、一度経験したことのある、あの背中を叩きつけられるような痛みはやってこない。

ふわっ。

その代わり、懐かしく感じる甘い香りに包まれる。

まさか、と瞼《まぶた》を開けば、そのまさかだった。

カーテンの隙間から射し込む光に輝く白金髪《プラチナブロンド》。長い睫毛《まつげ》に飾られた、青い青い瞳が間近から私を見下ろしている。久しぶりの距離感だ。

梯子から落ちた私は、ヴィンス先生に受け止められていた。

「……怪我は？」

優美な声が、静かな図書室に響く。

彼の両腕に抱えられた私は、一体この状況をどう切り抜ければいいのでしょうか。

本をキュッと抱き締めて、沈黙する。どう考えてもこの状況での無視はつらい。

このまま相手と離れたいなら、無視が一番と笹川先生にアドバイスされた。

でも、危ないところを助けてもらったからには、ありがとうとお礼を言うべきではないでしょうか。

だけど、それを言った瞬間に、私の負けが決まってしまう気がする。すぐにまた距離を縮められる日々に逆戻りしてしまいそう。

そんなことを、ぐるぐる考えていたら、あっさりとヴィンス先生は私を降ろしてくれた。

ほっとしたのも束の間、ひんやりと冷たいヴィンス先生の手が私の右手を取る。包帯が巻かれた私の右手。先程の問いはこっちのことだったらしい。

ヴィンス先生は、私の右手を自分の鼻先へと寄せる。赤神先輩のマーキングがないか確かめているのか、はたまた私の血の香りを吸い込んでいるのか。

ヴィンス先生は私の右手に鼻を当てて深呼吸をする。

私は一歩、後ろに下がる。

するとヴィンス先生も一歩踏み出してきた。

私を逃がす気はさらさらないようです。私は、ヴィンス先生の瞳孔がまだ尖っていないことを確認しつつ、この状況からの脱出方法を考える。そしてまた一歩後ろに下がった。

しかしそこで、踵《かかと》が後ろの壁に当たった。気付けば、追い詰められていました。

彼は私の右手を掴んでいない方の手を、頭の横の窓にそっとついた。

「まだ、口をきいてくれないのですね……」

私の右手に囁くようにヴィンス先生は口を開き、窓と壁にぴったりと張り付いた私との距離をどんどんと縮めていく。

「どう償えば貴女の許しをいただけるのでしょうか？」

私は無言を貫いた。重いくせに頼りない一冊の本を盾にしながら、ヴィンス先生が諦めて解放してくれるまで無視を続けることを決める。ヴィンス先生の長い指が、私の右手の指の間に入り込む。その右手の甲に、なにかが押し当てられた。たぶん、ヴィンス先生の唇でしょう。彼の呼吸が少し乱れた。

今顔を上げたら吸血鬼の瞳があるかもしれない。私は顔を上げず、目の前にあるヴィンス先生の胸だけを見つめる。

白いYシャツとタイ姿で、上着は着ていない。微《かす》かに鉄のような匂いがするのは、先入観のせいであってほしい。

彼から怒りという感情は見受けられないけれど、逆にそれが怖く感じる。私が堪《こら》えきれず言葉を発するのが先か、それともヴィンス先生が諦めるのが先か。後者はない気がします。

窓についていた彼の右手が、私の結んだ髪を撫《な》でるように掬《すく》う。私がヴィンス先生の甘い香りに包まれているように、ヴィンス先生は私の匂いを嗅《か》いでいるようだった。

「貴女の声が、聞きたいです……貴女との時間が消えてしまい、この胸が苦しいのです……」

私の髪を持つ手を、自分の胸に当てて辛そうに囁く。その息が額に掛かったかと思えば、スルリとヴィンス先生の顔が私に寄せられる。髪を上げているせいで露《あら》わになった首筋に吐息が掛かり、私は身体を強張《こわば》らせた。

思わず、声を発しそうになる。首筋に冷たい唇が押し付けられた。

身じろぎすると、きゅっと軽く右手を握られる。

「それとも……貴女は赤神淳を選ぶということなのですか？　彼には貴女の声を聞くことが許され

て、貴女の瞳に映ることが許されるのですか……？　貴女の記憶を勝手に覗いた罰だとわかっていても……私がそばにいない間に他の男性が貴女との距離を縮めていくことに……おかしくなりそうです。貴女の肌に唇を重ねた彼を、殺したい衝動にかられるのです、音恋さん」

私の首筋に顔を埋めたまま、ヴィンス先生はとろけるように甘く、けれど薔薇の棘《とげ》を撫《な》でるように切なく囁いた。一部の脅しまがいの発言にも、私はグッと奥歯を噛み締めて反応しないようにした。

絶対に言葉を発しない。赤神先輩を選んだわけではないし、ヴィンス先生に人殺しなんてしてほしくない。

以前手を汚してほしくないと言ったのに、私が止めるようにわざとそんなことを言ってくる。なんて、ずるい人なんだ。

そんな手には乗らない。静まり返った薄暗い図書室。私達だけが現実から切り離されているように感じた。私が口を開かないことを理解したヴィンス先生が、右手で私の頬を撫でる。

壊れ物を扱うかのような、優しい手付き。諦めたのか、私の右手を握る力を緩《ゆる》めた。手を引けばするっと抜ける。

私は、チャンスとばかりにヴィンス先生の腕の中から抜け出た。そのまま図書室の入り口まで行く。

「黒薔薇の君」

ヴィンス先生に呼ばれて、チラリと振り返る。ヴィンス先生は私に背中を向けたまま、その場に立ち尽くしていた。

「せめてチョコを食べてください。あれを食べれば、その右手の怪我は治ります。それに、彼が貴女の血を飲むことも防げるでしょう」

「……」

「どうか……」

カーテンの隙間から射し込む光が赤みを帯び始めて、ヴィンス先生の髪を夕日の色に染めていく。

ヴィンス先生がゆっくりと振り返る。けれど窓からの光が眩《まぶ》しくて、その顔はよく見えなかった。

それでも憂《うれ》いを帯びた眼差しを向けられていることは、なんとなくわかる。

やはりあのチョコには純血の吸血鬼である彼の血が入っていたのですね。

怪我を治すことを建前に、赤神先輩を牽制したいのでしょうか。

「………」

もしくは、私が吸血鬼の暗示にかからないようにするため？

こんな風に頼まなくても、ヴィンス先生には私を強制的に頷かせる方法がある。今の私の体内には、吸血鬼の血が入っていないのだから。なのにヴィンス先生はそれをしない。人を自由に操れる能力を使わずに、あくまで私に選ばせようとする。その理由は……

想いを口にしてくれれば――終止符を打てるのに。

私は最後まで口を開かないまま、本を抱えて図書室をあとにした。廊下を歩きながら中庭を見下ろせば、まだ二人三脚の練習をしている。

私は、先程の江藤先輩の話を思い出す。

ヴィンス先生や赤神先輩が、はっきりと想いを口にしないのは、きっと私から好意を感じられないから。江藤先輩が称賛する、私のにこりともしない態度のせいで、受け入れてもらえる可能性が著しく低いと感じ取れるはず。だから告白してこないのは、はっきりと終止符を打たせないため。

ずるい。本当にずるい。

私に決定的な言葉を言わせてくれないなんて、本当ずるい人達だ。

私は私の人生を生きたいから、気持ちに応えることはできない。平穏に長生きがしたい私は、モンスターである彼らとの恋愛を望まない。私を忘れて、新しい恋を探してほしい。彼らの幸せのためにも。

なんて、言葉で言うほど簡単なことではないとは思いますが。恋をしたこともない私のこの考えは、あまりに冷たすぎるでしょうか？

七瀬さんや園部くんのように両想いなら幸せでしょうが、長い片想いなんて不幸せなだけでしょう。

その不幸せに終止符を打たず、ズルズルと長引かせる。

まるでゲームと同じだ。そんなことを思って、私は自嘲を漏らす。

ここはゲームを元に作られた世界であり、私は神様に贔屓《ひいき》されたヒロインも同然の存在。

ゲームの終わりは三学期と決まっている。でもここは現実《リアル》だ。三学期までズルズルと恋の駆け引きに付き合うつもりはありません。なにか手を考えましょう。

「……あ」

昇降口に着いてから、私は鞄を図書室に置き忘れたこと、抱えている本の貸し出し手続きをし忘れていることに気付いた。

ほんの少し躊躇《ためら》ったあと、私は図書室まで引き返す。そっと中を覗くと、そこにヴィンス先生の姿はなかった。

中央の机に置いたはずの私の鞄は、受付カウンターの上に置かれている。

まさかと思ってカウンターの中の貸出カードを確認すると、そこには今日の日付で本のタイトルが記入されていた。

その綺麗な字は百パーセント、ヴィンス先生のものだ。

独りきりの図書室に、「はぁ」と私のため息が零《こぼ》れ落ちる。

もし、私も恋をしたら、こんな風に苦しい思いをするのでしょうか。

第四章　狩人

十七話　練習

寮の自分の部屋。

私は机について、ココアパウダーを纏《まと》った四角形のチョコの箱を両手で持つ。それを眺めて迷いに迷ってから、指で摘まんで口の中に放り込んだ。チョコは口の中で、簡単に溶けていく。ビターチョコレート、生クリーム、あとたぶん、ほんの少しのリキュール。それを舌の上で感じながら、私は怪我をした右手の掌を見つめた。

血は止まったとはいえ一直線にぱっくり切れていた傷は、浅い方から見えない糸で縫い合わされていくみたいに塞《ふさ》がっていく。傷は一分ほどで完治しました。

怠《だる》かった身体も軽くなっている。万能薬入りのチョコをもう一つだけ口に入れて、私は箱を引き出しにしまった。

これで暴走気味の赤神先輩に暗示をかけられることもないし、万が一、血を流しても大丈夫。他の吸血鬼の血が体内にあると血が不味《まず》く感じられるらしいから、赤神先輩に飲まれることはないでしょう。

ヴィンス先生のチョコを食べるのは、吸血鬼だとカミングアウトした赤神先輩の接近を阻止するためにも、必要なことなのだと自分に言い聞かせる。

赤神先輩は、ゲーム内でも自分をさらけ出して、熱いアプローチをかけるキャラだった。ここはヴィンス先生の忠告を受け入れるべき。

それから私は勉強を再開する。一時間ほど勉強してから、今日借りた小説をほんの少しだけ読んで眠った。


朝起きると、窓辺の薔薇がまた増えていた。そのそばにはチョコの入った箱。

毎日増え続ける薔薇で、そのうちブーケができそうだ。とはいえ、眠っている間に部屋に来すぎですよ。窓にシルバーでも飾っておきましょうか。

私は身支度をしてから、ラウンジへ行く。

「おはよう！」といつものように笑いかけてくれた桃塚先輩。でも、その態度がいつもと少しだけ違った。

そわそわして、どこかよそよそしい。右隣に座る彼の視線は、私の右手に向けられていた。昨日怪我したことを知っているのでしょう。それが跡形もなく治っているのを見て、私がヴィンス先生の血を再び摂取し始めたことに気が付いたようです。

何故、と疑問を抱いているかもしれません。時間が経つにつれて、桃塚先輩の顔が曇っていく。

「…………音恋ちゃん」

顔を向けると、既に食べ終えていた桃塚先輩は、頬杖をついてカウンターを見ていた。

「珍しく香水をつけてるの？　ちょっと香りがきついね」

「あぁ……はい、すみません」

遠回しに指摘されたのは、吸血鬼のマーキングについて。洗ったのに、九尾《きゅうび》の妖狐《ようこ》である桃塚先輩の鼻にはわかるらしい。

人間の嗅覚ではわからないけれど、鼻のいいモンスターにはわかってしまう。けれど指摘された香りが校則違反にならないと気付いたのは、首を袖で擦《こす》っている最中だった。ま、仕方ない。

桃塚先輩は友人の赤神先輩を傷付けたヴィンス先生をよくは思っていないでしょうから、私が彼にマーキングをされていたら不快にもなるでしょう。

「だめだよ、音恋ちゃん」

首を擦っていた右手を、桃塚先輩に掴まれた。

「ああ、ほら、赤くなっちゃったよ？　そんなに強く擦っちゃやだめだよ。あ、でももう大丈夫だ」

桃塚先輩の人差し指が首筋を撫《な》でるものだから、擽《くすぐ》ったい。ふんわりと満足げに桃塚先輩は笑みを零《こぼ》した。

桃塚先輩と別れ、一度部屋に戻る。鞄を持って寮の玄関に行くと、そこに黒巣くんが待ち構えていた。ちょうどよかった。昨日の件の詳細を訊けるのは彼にだけだ。

「おは……」

「情報が欲しいなら、交換」

「……」

挨拶もせずに、黒巣くんは簡潔に告げる。話が早いのはいいけれど、まずは挨拶をしましょう。

おはよう、黒巣くん。

「君が欲しい情報って？」

「期末試験の俺の順位」

私が知っている未来の情報。黒巣くんが欲しがったのは、期末試験の順位。

私は首を傾《かし》げた。

「……それを訊いてどうするの？」

「アンタこそ、昨日の件について訊いてどうする？」

理由を訊いたら同じような質問で返される。

昨日の件は、私がきっかけで起こったことだけれど、ゲームの関係者になりたくない私は知らない方がいいことだと思う。でも、私は知りたいので教えてください。

そう言って、「じゃあ君から」と黒巣くんを促す。

いつものように、私達の会話を他のモンスターに聞かれないように、黒巣くんは風を操り声を掻き消しているだろうが、そろそろ生徒会の先輩達が玄関に来てしまう。

「学園裏の道路と公園は立ち入り禁止だ。風紀委員側はカンカンだけど、Vが謝罪し、破壊した場所の修理代を全額払うことで一時的に小康状態。Aは生きているけど、今日はまだ登校できる状態じゃない」

サッと早口に黒巣くんが答える。

庭園の奥には、緑がたくさん茂る少し広い公園があった。そこが現場だったようです。赤神先輩はまだ登校できる状態ではない、ということは、吸血鬼の高い治癒力をもってしても怪我が治っていないということ。さすがに、無傷ではいられなかったようです。人間の怪我人が出なかったのが不幸中の幸いと言ったところ。風紀委員も生徒会も、頭の痛い話でしょう。

「黒巣くんの期末試験の順位は五位だけど……だめだよ。それに安心して手を抜けば、確実に順位落ちるよ？」

「は⁉ なんだそれ。誰がそんなことするか」

求められた情報を与えるついでに、どうやら見当外れのことを言ったらしく、黒巣くんはムスッと唇を尖らせた。

「君はお咎《とが》めなしで済んだの？」

「情報が欲しければ代わりを寄越せよ」

ヴィンス先生から私の監視を頼まれていた黒巣くんは、彼から咎められたりしなかったのか訊いてみたら、素っ気なく返される。今日も機嫌が悪いようです。

学園理事長である祖父に憧れ、祖父のようになりたいと思っている彼は、大切な学園を傷つけられたことに怒っているのかもしれない。

「えーと……じゃあ、学園についての君も知らない情報を」

「……冗談だったけど。興味湧いた、なに？」

冗談だったんだ。黒巣くんは、目を瞬《またた》かせて背筋を伸ばした。この学園が本当に好きみたいだ。

「庭園の真ん中に池があるでしょう？　池を囲っている白い縁の段差、あそこの中に入れるんだよ。隠し部屋になっているの」

そこは、ヴィンス先生の愛した人の名前が刻まれた記念碑。

「まじ？」

「うん。ゲームではヒロインが拉致《らち》監禁される部屋なの」

「……なんだ、つまらない」

黒巣くんは、隠し部屋と聞いて食いついてきたけれど、内容を聞くなり興味をなくして身を引いた。

ダークシナリオの中に、ヒロインがヴィンス先生に拉致監禁されるという展開がある。その隠し部屋はヴィンス先生しか知らない部屋だから貴重な情報なのだけれど、黒巣くんにとってはあまり価値のない情報だったようです。

ゲーム内では、拉致監禁されて、ヒロインは初めて純血の吸血鬼ヴィンセントと会話をする。ヒロインは必死に人間への憎悪を募らせる彼を説得するけれど、怒り狂った彼には届かない。失ってしまった愛する人への想いが、ヴィンセントの怒りや憎しみを増幅させているのを目の当たりにして、ヒロインは涙を流す。

幸いヴィンス先生は、私という存在のイレギュラーによって、ダークシナリオの悪役ではなくなっている。サクラが拉致監禁なんて目に遭わないことに私はほっとしていた。

「……Aを今後アンタに近付けるなって命令されただけで済んだ」

「そう。じゃあ、私のことは今後君が助けてくれるんだね」

「……助けてほしいんですかー？　大好きな声だろ」

吸血鬼だと正体を明かされたからには、容赦なく付きまとわれることは予想できる。

ヴィンス先生もそうだった。そのヴィンス先生の命令ではあるけれど、黒巣くんが助けてくれるなら、私の負担は軽くなる。そう言うと、黒巣くんはちょっと不機嫌そうに顔をしかめた。

「声と言えば、留守電の聞き方を教えてくれないかな？」

「………………」

好きな声は留守電で聞けばいいですし。

遠回しに言うと、黒巣くんは怪訝そうに眉間のシワを深くした。

「なんで俺に訊くんだよ。それくらい姫宮にでも教えてもらえばいいじゃん」

「え……あぁ……ごめん」

留守電の設定を教えてくれたのは黒巣くんだ。だから、今回もまた教えてくれるものと勝手に思い込んでいた私は目を丸める。いきなり、馴れ馴れしすぎたのでしょうか。

「え？　いや……」

私の謝罪に驚いた反応を見せる黒巣くん。その時、何かに気付いたように黒巣くんの黒い瞳が廊下に向けられる。

「ネレンー！」

明るい笑みを浮かべサクラが大きく手を振る。その左右には森田さんとユリさん。三人に手を振り返していると、黒巣くんはサクラが来る前にスッと玄関を出て行ってしまった。その後ろ姿を目で追いかける。

少し彼に頼りすぎたようですね。反省します。

よくよく考えれば、シヴァ様のパシリにヴィンス先生のパシリと、黒巣くんの負担は大きすぎる。私はあまり面倒を掛けないように気を付けないと。

「ふぅ……」

「どうしたの？　浮かない顔してるよ、ネレン。あっ！　またアイツになにか言われたの⁉」

「ううん、違うよ」

首を傾《かし》げて、サクラはため息をつく私の顔を覗き込んできた。でも、また黒巣くんが妙な発言をしたのかと怒り出すから否定する。今回は私が彼を不快にさせたのだと思う。

「そんな風に庇《かば》わなくていいんだよ！　黒巣は敵！　悪！」

「えー？　黒巣、かっこいいと思うよ」

「イケてるに一票」

「性格のこと言ってるの！　根っこまでひねくれてるんだから！」

完全に黒巣くんを悪者と認識しているサクラに、生徒会ファンの森田さんとユリさんが反論する。

「そんなことないよ。黒巣くん、根は優しいと思う」

というより、お人好しなのかもしれない。言ったら本人は全力で否定すると思うけど。彼は真面目な面を他人に見られることを嫌がるから。

「宮崎さん、優しくされたことあるの？」

「うん。確かによく毒を吐いているけれど、根っこまでそうだと決め付けちゃだめだよ、サクラ」

「うっ…………うん」

そう言うと、素直なサクラは不承不承といった風に頷いた。

ゲームの知識を持っていても、ほとんど彼を理解できていない私が言えることではないですけど。

昨日、話したこともないのに勝手にサクラを決め付けないでと江藤先輩に言ったから、つい。

「そんな桜子に黒巣の好感度が上がる写真を見せてあげよう！　取っておきの黒巣スマイルだよ！」

ユリさんはガサゴソと鞄を漁り始めた。以前見せてくれた生徒会メンバーのアルバム（隠し撮り）を取り出す。

黒巣スマイルは、基本他人を小馬鹿にした笑顔だ。それで好感度は上がらないと思いますよ。

私達は通行の邪魔にならない場所に移動した。そこでユリさんが「これ！」と自慢げにアルバムを広げる。

その写真の黒巣くんは、頬杖をついて普段見たことがない柔らかい微笑《ほほえ》みを浮かべていた。いや、私は見覚えがある。この笑みは、ゲーム内で好意を抱いた主人公に向けていたものだ。

「……合成？」

サクラは疑いの目でじぃいっと写真を見ている。彼女の中で、黒巣くんは相当ひねくれまくった悪魔かなにかのように思われているようです。

でも、普段の黒巣くんと一致しないというのは私も同感。彼をこんな表情にさせている視線の先が気になるけれど、この写真からはわからない。

写真の背景から、彼がいるのは屋上のようだ。黒巣くんが見下ろす先に何があるのでしょう。

「何を見てるの？」

「さぁ？　売ってくれた人も知らないって。庭園を見てたとか言ってたけど」

「……買ったんだ？」

「うん、千円もしたんだよ……」

……高い。

結局、この写真を見てもサクラの黒巣くんへの好感度は上がらなかったようです。


今日の一、二限目の授業は、校庭で全学年が合同練習。

最初は体育祭のプログラムの確認や入場退場の行進の練習だ。サクラが男子生徒とぶつからないように気にかけながらも、雪島先生の指示に従って行進の練習をした。

その間、ヴィンス先生は相変わらず眼差し攻撃を送ってくるけれど、私は気付かぬふり。

黒巣くんに聞いていた通り、三年に赤神先輩の姿は見当たらず、彼のファンの女子生徒が残念そうに嘆いていた。

プログラムの中で、一番の歓声が上がったのは風紀委員の登場だった。

毎年、風紀委員長が長ランを着て、応援団長を務めることがこの学園の恒例となっている。設《もう》けられたステージの上に、風紀委員長の笹川先輩が風紀委員達を引き連れて現れた。裏地が真っ白な、黒い長ランを着た笹川先輩は、不良のような風貌も手伝って実に様になっている。

素敵です、笹川先輩。

ステージに立って、応援団である風紀委員達が各組の応援を盛り上げている。

練習なので笹川先輩しか長ランを着ていなかったため、周囲からは「草薙先輩の長ラン姿見たーい！」という女子生徒の声が聞こえた。

一年B組の待機場所に立つ私は、ちらりと隣を見る。栗色のポニーテールのサクラは、俯《うつむ》いていた。さっきまでは普段通りだったけど、どうやら草薙先輩に反応しているみたいだ。ここはひとつ、サクラの気持ちを探ってみましょうか。

「サクラ。男子の告白ってどんな風に断ってる？」

「えっ!!　なんでネレンがそんなこと訊くの!?」

「な、ななっ……まさか！　先輩にされたの？」

歓声に負けないようにサクラに近付いて訊いてみたら、ぎょっとされた。

「いや、そうじゃないけど…………そうだったら困るの？」

「えぇ!!　困らないよ！　ネレンが幸せならあたしも幸せだもん！」

「サクラが幸せなら私も嬉しいよ？」

「ん!?　なんの話？」

テンパっているサクラと会話が噛み合わない。どうやらサクラは、私が草薙先輩に告白されたと思ったらしい。まだ自分の気持ちには気が付いていないようだが、テンパっている辺り、草薙先輩が気になっているのでしょう。

まずは草薙先輩が私に好意を抱いているという誤った認識を正さないといけない。

友達思いのサクラは、自分の気持ちに気付いてもきっとそれを抑え込んでしまう。そのうちちゃんと違うということを教えて、背中を押してあげなくては。

サクラにとって恋が男性恐怖症の克服の鍵になるのだから。

「それで……告白はどう断っているのかな」

「ネレンがそんなこと訊くなんて珍しいね！」

今までは告白から帰ってきたサクラに「おかえり」と言ってあげてただけ。

「あたしは、ほら……触れないし、好きとかわからないから……嬉しいけれどね！　嬉しいから、ありがとうってちゃんと言うの！」

両手を胸の上で握って、サクラは必死に言葉を絞り出して言う。

好きという気持ちを返すことはできないけれど、好きになってくれたことに感謝を伝える。それがサクラが相手に返せる精一杯のもの。私と違って、すぐに相手のことを考えられるサクラは、本当に優しい子。

サクラには素敵な恋愛をして幸せになってほしい。早く、幸せになってほしい。

「……サクラには幸せになってほしい」

「え？　どうしたの？　あたしもだよ！」

呟くように言うと、サクラは笑みを零《こぼ》して横から抱きついてきた。

そんな会話をしている間に、次は体育祭の目玉、棒取り合戦の練習。

出番が来て、グラウンドの真ん中に移動しようとすると。

「ネッレーン!!」

ガッと両肩を後ろから掴まれた。橙先輩だ。確保されて、私はサクラと一緒に連行される。

サクラの男性恐怖症を知っている橙先輩は、サクラには触らず私の腕だけを引っ張っていく。サクラは慌ててその後ろをついてきた。

「一緒に頑張るぞ！　サクラ！　ネレン！」

「はい！」

練習なのに張り切る橙先輩とサクラは、拳を青い空に向かって突き上げた。

橙先輩はランチの件ではひとまず引き下がって、体育祭の練習の時に一緒にいることで満足することにしたみたいだ。

今後、サクラと草薙先輩の関係の変化を見守りたい私としては、橙先輩がランチ中に押しかけてこないためにも、ここは従っておいた方がいいと思う。騒々しそうだけれど……。

予想は的中して橙先輩は騒々しかった。各クラスの体育委員を押し退《の》けて、一年B組と二年B組のBチームを仕切り始める。

「いいか!!　打倒三Aだぞ!!」

「おおー!!」

まだ合同練習二回目だというのに、声を張り上げる橙先輩の熱気に男子も女子も呑まれていく。まるで本番みたいなテンションですね。

三Aチームとは、三年A組とB組。桃塚先輩と赤神先輩のいるチームだから、橙先輩はひときわ闘争心を燃やしているらしい。

「この競技は三年の先輩方を立てて遠慮する競技じゃねぇ……先輩方を倒して乗り越える競技だ！だから三Aに勝つぞ!! 一位になるぞ!! 勝つぞ野郎ども!!」

「うおおぉっ！！！」

拳を握り締めて檄《げき》を飛ばす橙先輩はチームを盛り上げていき、皆もノリノリだ。チームの女子生徒は橙先輩に黄色い声援を送っていますが。

本日は雲一つない快晴。太陽の日差しが熱い。チームメイトの活気も熱い。

今日だけは雨よ、降ってください。私は耳を塞《ふさ》ぎながら天に向かって空《むな》しく祈る。

「よし、最初の相手はAチームか」

一年A組と二年A組のAチームと、私達のBチームが先に棒取り合戦の練習。パシッと掌に拳を打ち付けた橙先輩は、ニヤリと笑みを浮かべた。

「漆をぶっ潰す!!」

何故、黒巣くんを名指し？ 眼鏡の奥の視線を追いかけると、校庭の中央に置かれた棒を挟んで対峙するAチームに黒巣くんの姿が。ダルそうにポケットに片手を入れて頭の後ろを掻いているけれど、体育委員と作戦会議中に見えた。橙先輩の視線に気付いたのか、黒巣くんがこちらを向く。

そして、ニヤリと小馬鹿にしたような笑みを浮かべた。

「漆てめえ、絶対潰す!!」

ダン！　と橙先輩が地面に片足を打ち付ける。この二人の関係は、いつからこんなに悪くなっていたのでしょうか。

「はは、テンション高《たけ》ぇのな」

同じくBチームの草薙先輩が笑う。いつの間にか私の後ろに立っていた。私と目が合うと屈《かが》むように視線を合わせて、にこりと笑いかけてくれた。

橙先輩なら、棒そっちのけで黒巣くんに飛び掛かりかねないから、笑い事じゃないですよ？

「音恋。昨日は大丈夫だったか？」

そのまま覗き込むようにして、草薙先輩が訊いてきた。

赤神先輩とヴィンス先生の件でしょう。私が風紀委員も吸血鬼について知っていると聞かされたから、隠さずに訊いてくる。

「……はい」

なんだか、どんどん〝関係者〟に引き込まれていっている気がします。ヴィンス先生と赤神先輩が吸血鬼だということを知り、笹川先生と風紀委員がその秘密を守っていることを知った。ほぼ関係者。これ以上はまだ〝知らない〟ままでいたい。

慎重に進まないと、神様に贔屓《ひいき》されている私はサクラの立ち位置になってしまう。いくら夏休みのイベントを望んでいても、私は脇役でいい。サクラのためにも……

「そっか。音恋が怪我をしたって聞いたけれど、それは？」

「ああ……それも平気ですよ」

私は絆創膏《ばんそうこう》をつけた掌を見せる。傷は治ったけれども、私の怪我を見た人もいるからしばらくは絆創膏をつけていることにした。草薙先輩は私の右手を持つと、そっと親指で絆創膏を撫《な》でた。

「綺麗で可愛い手」

にこっと草薙先輩は、私にまた天然の気障《きざ》な台詞《セリフ》を言う。

「ネレンに寄るな！　それから馴れ馴れしくネレンって呼ぶな!!」

そこで橙先輩が、草薙先輩から私の右手を奪って睨《にら》みつけた。

「いいじゃん。嫌？」

きょとんとした草薙先輩は、私に向かって首を傾《かし》げる。

「そうですよ！　別に呼んでもいいんですーう！」

グイッ、と橙先輩に肩を引き寄せられたかと思えば、サクラに草薙先輩の方へ押し出された。

「ゴラ！　桜子、お前なに草薙に味方してんだ！」

「橙先輩こそ邪魔しないでください！」

「アイツなんかにネレンはやらん！」

「なんで橙先輩が勝手に決めるんですか！」

声を潜《ひそ》めたつもりのようだけれど、本人達の目の前で喚《わめ》くサクラと橙先輩。

サクラも橙先輩も私を引き寄せるから綱引き状態だ。

聞こえてますよ。二人そろって草薙先輩が私に気があると思い込んでいるらしいです。

どうしてそんな思い込みをしてしまうのでしょうか。天然たらし王子の草薙先輩は、女子皆に気障な台詞《セリフ》を無意識に言ってしまう人だというのに。

「……」

草薙先輩の、目に優しい整った顔に視線を向けると、深緑の瞳と目が合う。そして、にっこりと微笑《ほほえ》まれた。それから草薙先輩は橙先輩と騒ぐサクラに後ろから近付いて肩を掴もうと手を伸ばす。

しかし触れるその前にサクラが気付き、バッと離れた。

その反応に、きょとんとした表情をする草薙先輩。

「桜子、昨日から変じゃないか？　なんかおれ嫌われるようなことした？」

「い、いえ……べ、別にそんなんじゃ……」

むしろ逆のことをした草薙先輩から距離をとるサクラは、そわそわと挙動不審に目を泳がす。

両手で胸を押さえているサクラは、ドキドキしているようです。それを見る私までドキドキしてしまいます。

「だぁ！　草薙！　てめぇはサクラにもネレンにも近付くな！」

そんなドキドキを吹き飛ばすように橙先輩が怒号を飛ばして二人の間に割って入ってしまう。

「えー……そんな理不尽な。なんで二人と仲良くしちゃダメなの？」

「自分の胸に聞け！　ダメなものはダメなんだよ！」

がううと吠えながら、橙先輩は盾のつもりで私達の前に立つ。橙先輩のこの警戒は一体なんなんでしょうか。サクラは私を盾にして自分を落ち着けようと必死に深呼吸をしている。

恋愛フラグを匂わせるサクラと草薙先輩のやり取りをもう少し見ていたかったのに、ここで作戦会議タイムはおしまいになってしまいました。

「草薙、多く棒を取った方の言うこと聞けよ‼」

「おい、おれらチームメイト」

グラウンドに出て、競技前の整列をしながら橙先輩が草薙先輩を睨《にら》む。

草薙先輩と勝負して橙先輩が勝ったら私達に近付かないことを約束させようとしたみたいだけれど、同じチームなのでそんな勝負はできない。

こちらの作戦はできるだけ多くの棒を取るよう、それぞれが狙う棒を均等に分けた。それだと、今までの対戦結果からしてAチームには勝てないと思ったけれど、草薙先輩に吠えている橙先輩に、何か言う気力はなかったので、私は競技に集中することにした。

雪島先生の合図でAチームvsBチームの棒取り合戦が始まる。

だが、予想通りBチームは敗北した。Aチームは確実に勝てる本数の棒だけを狙ってくるから、多く取るために人数を分散したBチームは当然不利になる。この競技は棒を十一本取ればおのずと勝ちが決まるのだから、Aチームの作戦は正解だ。

勝ったAチームの黒巣くんは、こちらに背を向けたまま橙先輩に顔を向けると、フッと嘲笑を浮かべた。プッチンと切れた橙先輩がズカズカとAチームの方に歩み出したが、目を鋭く細めた雪島先生が間に入った瞬間、クルリと引き返す。

「覚えてろよ!!　漆！」

その捨て台詞《セリフ》を聞いて、今宵学校で追い掛けっこする二人が簡単に想像できる。黒巣くんの隣では緑橋くんが必死に橙先輩に向かって頭を下げていた。

「やっぱりあの写真合成だよね！」と私の隣でサクラが言う。まだ疑っていたのですか、桜子さん。サクラの中で、黒巣くんの好感度は最下位のままなのでしょうか。

続いてBチームは一年C組と二年C組のCチームと対戦。向こうのチームから七瀬さんがフリフリと手を振ってきた。今回は棒を十二本奪ってBチームが勝ちました。

そして、その次は目標にしている三年A組と三年B組の三Aチームとの試合。向こう側に桃塚先輩を見付けた。私と目が合うとニッコリ笑いかけてきた桃塚先輩の隣には、見目麗《みめうるわ》しい女生徒がいた。淡い桃色のロングヘアーをした、春風美南先輩だ。

穏やかな微笑《ほほえ》みを浮かべた彼女は、まさに〝姫〟という愛称が相応《ふさわ》しい美少女。

私達の話をしているのか、言葉を交わした二人は一緒に私達の方へ手を振ってくる。私が会釈《えしゃく》で応え、隣のサクラはブンブンと腕を振って応えた。

すると春風先輩は嬉しそうに激しく両腕を振り返してきた。その腕が桃塚先輩の頭に、ガツン！という効果音が聞こえてきそうな勢いでぶつかる。それに驚いた春風先輩が飛び退《の》き、後ろにいた男子生徒を背中で押してしまった。押された男子生徒は隣の男子生徒を巻き込んで転倒。私達はその光景を呆然と見つめる。

今の痛みで、桃塚先輩の頭に狐の耳が出てしまったら、大事《おおごと》になるところでした。同じく、離れたところからそれを見ていた風紀委員の笹川先輩も顔をひきつらせている。痛覚や衝撃でモンスターが正体を晒《さら》さないように、またそうなったとしてもその姿を目撃されないようにフォローする風紀委員は、本当に苦労が絶えないようです。

それにしても、春風先輩がいる三Aチームは大丈夫なのでしょうか。特に身内の被害。桃塚先輩は謝る彼女に苦笑を浮かべて首を横に振っていた。

「やっぱり警戒すべきは〝姫〟」

「ああ……〝姫〟は避けるべきだな」

いきなり真面目モードになった橙先輩が、ゴクリと喉を鳴らした。隣の草薙先輩も苦笑を浮かべる。他の二年生も青くなって「警戒しよう」と口々に漏らした。

なんでも去年、〝姫〟こと春風先輩の敵味方を巻き込んだ数々のドジが、春風先輩のチームに優勝というミラクルを起こしたのだそうだ。

「ああ……今でも信じられない戦いだったぜ。だが俺達は、そんな三Aに勝たなくちゃいけねぇ……勝つぞっ、てめぇら！！！！」

橙先輩が声を轟《とどろ》かせれば、Bチームが一斉に声を上げた。

だからこれ練習……。なんですか、その最強のライバルと対決するような少年漫画なノリは。このノリについていけないのは、Bチームで私だけなのですか。

隣を見ると、こういうノリが好きなサクラは、皆と一緒に両腕を空に突き上げている。

熱いです。暑いです。こういう時、一緒になって声を出せないから、大声の出し方を忘れてしまうのだ。ま、役者をやるつもりはないので大声が出せなくても問題ないですが。

そんなこんなで、やる気十分なBチームvs三Aチームの棒取り合戦開始。

合図とともに一斉に飛び出して、目の前の棒を取りに向かう。

私も割り当てられた白色の棒を掴む。目の前には、味方の三年男子。さらにその前には、一歩遅れて春風先輩がやってきた。ミラクルドジッ子先輩と鉢合わせてしまったようです。悪い予感しかしません。

「きゃ、あっ！」

そして、その予感は的中した。Bチームの私と三年男子が先に棒を掴んで引いたせいで、その棒を掴み損ねた春風先輩がバランスを崩して前へ。というか私達の方へ倒れ込んできた。

「うわ⁉」と私の前にいた男子生徒がすかさず横に移動して春風先輩を避けた。

そのままだったら、春風先輩が転んで終わり。でも彼女のドジはそれで終わらないのだ。

春風先輩は、一度片足を出して踏み留まろうとして、どうなるかというと。

ガツン！

長身で巨乳のミラクルドジッ子先輩が私に頭から突っ込んできました。互いの額と額がゴツンとぶつかり、そのまま後ろへ倒れた私は激しく地面に後頭部を打ち付ける。その挙げ句、春風先輩に押し潰されました。

い、痛いです。額ではなく、後頭部が大ダメージ。

「恋ちゃん！　みーちゃん！　大丈夫⁉」

「きゃあ！　ごめん！　ごめんね！」

桃塚先輩の声が聞こえる。目の前の空が回っているように見えた。その視界にミラクルドジッ子春風先輩が入る。上から退《ど》いてくれたみたいだけれど、頭がぼんやりして起き上がれない。

「ネレン！　いやああ死なないで‼」

「死なねーよ！　落ち着け！」

次にサクラと橙先輩の慌てた声が聞こえてきた。たぶん軽い脳震盪《のうしんとう》だから死んだりしません、と否定したかったけれど言葉が出てこなかった。

「笹川先生！　雪島先生！」

視界に入った桃塚先輩が先生を呼びながら、左手で私の右頬に触れる。

「恋ちゃん？　じっとしててね、今笹川先生がくるから」

動けないので大人しくしています。

「ほらほら、おめー達は離れてろ。雪島先生、タオル」

「氷の方がいいんじゃない？」

ざわめきを掻き分けて、笹川先生と雪島先生の声が私の耳に届く。

「音恋ちゃん、意識あるか？」

桃塚先輩とは反対側に、笹川先生の顔。目が回っているような気持ち悪さで口が開けない。呻《うめ》いて応える。

「気を失いそうか？　気持ち悪いかい？　そうか、軽度の脳震盪だな。音恋ちゃん、無理せずにじっとしてていいぞ」

軽く頷くと頭を持ち上げられて、後頭部に冷たいタオルを当てられた。ひんやりしていて気持ちがいい。それだけで少し楽になってきた。

「音恋ちゃん、ちょっと質問したいんだが答えられるか？」

「はい……」

「よし、じゃあ自分の名前と、チーム名はなんだ？」

「宮崎音恋、Ｂチームです」

意識確認として質問をしてくる笹川先生に弱々しく答える。

日陰を作るように、私の上に覆い被《かぶ》さっている笹川先生は、私を安心させるためか優しく微笑《ほほえ》んだ。私の手を取り、痺《しび》れがないかを問う。痺れていません。

もう一つタオルが差し出されて、それは額と目元に置かれた。これもひんやりしていて気持ちいい。ほっと息を吐いた。

「？　ヴィンセントは？」

「さぁ、知らない。消えた」

「妙だな……真っ先に駆け寄ってきそうなのにな」

視界が塞《ふさ》がって見えなかったけれど、この会話は声を潜《ひそ》める笹川先生と雪島先生のもの。

「美南。相変わらずだな」

「本当にすみません！　ごめんね！　ごめんね！」

「姫は大丈夫か？」

「はい、大丈夫です！　すみません！」

これは雪島先生と春風先輩と笹川先生の会話だ。

教師が整列するよう呼び掛ける声がする。現在の校庭を想像すると、中央に私が倒れていてその周りに人集《ひとだか》りができている状態でしょうか。早くここから逃げ出したくなりました。

「あの、もう良くなりました」

「そうか。じゃあ保健室に運ぶぞ」

「あ、僕が運びます。保健室のドア開けなくちゃいけないでしょう？」

起き上がろうとしたら、誰のかわからない手に肩を掴まれる。

それから、フワッと身体が浮いた。途端に上がる黄色い悲鳴。

「桃会長がお姫様抱っこしてるー！」

私を抱き上げたのは、桃塚先輩のようです。

額の上にあるタオルで、顔を覆う。全校生徒に注目されている。頭痛が悪化してしまいそうだ。

「妹ちゃん抱っこしてるー！　可愛い！」

いつから私は、〝妹ちゃん〟と呼ばれるようになったのでしょうか。どうやら兄妹フィルターが強化されているようです。

妹を抱えたかっこ可愛い桃塚先輩に、黄色い声援が上がっている。お願いします、早く校庭から運び出してください。そう内心で願ったのに、桃塚先輩の足が止まった。

そのまま動かないから、どうしたのかと目の上のタオルを退《ど》かして見ると、私達の前にブルーサファイアのジャージを纏《まと》ったヴィンス先生。彼は静かに、私のお腹の上に四角形の箱を置く。

そして、音恋さんをよろしくお願いします、とだけ告げると道を空《あ》けた。

青いリボンがついた四角形の箱の中身は、ヴィンス先生の血が入ったチョコ。たぶん私の部屋から持ってきたのでしょう。それで校庭から消えていたようだ。念のため摂取しておけ、という意味。大袈裟《おおげさ》ですよ。私はため息をつくのを堪《こら》えて、ヴィンス先生の視線を避けるようにタオルを被《かぶ》り直した。


校舎に入ってしばらくすると落ち着いてきた。私は額のタオルを退けて桃塚先輩に降ろしてくれと頼んだが、「まだだめ」と断られてしまう。

「……なにも桃塚先輩が抱えなくてもいいじゃないですか。またいじめられたらどうするのですか？」

「責任持って守るよ」

冗談だったのに、真面目に返された。いつもの冗談だったのに……

「皆も音恋ちゃんを受け入れはじめてくれてるみたいだし……。ほら、恋ちゃんにぶつかった子、あの子は春風美南って言って、僕の幼馴染《おさななじみ》なんだ。僕と淳とずっと同じクラスでいつも一緒にいるけれど、いじめられたことないよ？」

それはあのミラクルドジッ子体質で、知らずいじめっ子を撃退してしまっていたからではないですか。

「僕、思うんだ。たとえば舞台でさ、恋ちゃんが主役をやって皆に注目されるとするだろう。皆が君をもっとよく知って、その魅力に気付いてくれれば、嫌がらせなんてされなくなると僕は思う」

にこっと無邪気な笑みで桃塚先輩は両腕に抱える私に言う。私には春風先輩のような魅力があるということでしょうか。

「……そんな露骨に嫌な顔しないでよ」

苦笑を零《こぼ》す桃塚先輩。

嫌な顔にもなります。人に注目されたくないのに、わざわざ舞台に上がるなんて嫌です。

「んー……もしかして恋ちゃんって、人前に出るの苦手？」

その質問には、きょとんとする。

「いいえ」と一拍遅れて答えた。

「人前に出たことある？　あ、学芸会があったね。緊張しなかった？」

「覚えていません。去年中等部の生徒会選挙で猫塚君達の推薦者を務めましたが、緊張した覚えはありません。私は他人を気にしない人生を歩んできましたので」

去年の生徒会選挙の際、全校生徒の前に出たけれど、自分の役割をただ果たしただけだし、人目なんて気にしなかった。

「人生って……まだこれからじゃん。恋ちゃん、演技力あると思うよ。舞台に立つ道も考えてみてもいいんじゃないかな？　って僕は思うんだけど……ああ、やっぱり嫌？」

私の露骨に嫌がる顔を見て、桃塚先輩はまた苦笑する。

そんな話をしているうちに、笹川先生が先回りして開けてくれた保健室に到着。

桃塚先輩はゆっくりと私を椅子に降ろしてくれた。

小柄な見た目に反して、ここまで何の苦もなく私を運んでくれた桃塚先輩は、さすがはモンスターの血を継いでいるだけある。

「桃塚先輩って、意外に力持ちですね」

「え？　ああ……僕も男だからね」

お姫様に靴を履かせる王子様みたいに、床に膝をついて私の靴を脱がしてくれた桃塚先輩は、どこか嬉しそうに笑っている。

校庭での体育は、ただでさえ砂埃《すなぼこり》で髪がパサパサになる上、地面に倒れた私の髪には結構な砂が付いていて最悪な状態。桃塚先輩は、そんな私の髪を手やタオルで綺麗にして、ポニーテールを結び直してくれた。けれど、赤いリボンを結び終えた桃塚先輩は、笹川先生に追い出されるようにして授業に戻っていく。

「これから毎日保健室に来てくれるのかい？　音恋ちゃん」

ドアを閉めてこちらに歩み寄ってくる笹川先生が、そんな冗談を言うからムッとする。笹川先生はポンポンと私の頭を撫《な》でて宥《なだ》めてきた。

「それは？」

と笹川先生が私の膝の上にある箱に気が付いて問うてくる。

「万能薬入りのチョコです」

「……ほう」

それを聞いて、笹川先生は目を丸めた。

いまだに私がヴィンス先生の血を摂取していることを知って驚いた反応。少し考えるように顎《あご》を擦《さす》った笹川先生は、ヴィンセント先生と喧嘩した原因は？　とずっとしたかったであろう質問をしてきた。

「私の堪忍袋《かんにんぶくろ》の緒が切れただけです」

前世の記憶を覗かれたからだとは言えない。目を伏せると、それ以上話したくないことが伝わったらしく、笹川先生は追及してこなかった。

「落ち着いたみたいだが、脳震盪《のうしんとう》は甘く見られない。念のため、それを食べて、授業が終わるまでベッドで休んでいくといい」

「いえ、もう大丈夫ですので戻ります」

「だめだ。ちゃんと先生の言うことを聞いとけ、な？」

立ち上がろうとしたら、掌で額を押さえ付けられて、グリグリと前髪を乱される。

一度脳震盪を起こしたら、二十四時間は安静にした方がいいんでしたっけ。たとえ万能薬で治したとしても、今日の練習は出ない方がいいだろう。下手《へた》に参加すれば、それを許した笹川先生が問題になってしまう。

私は笹川先生の言いつけに従い、チョコを食べてからベッドに腰を降ろした。でも地面に倒れた服のまま横になることを躊躇《ちゅうちょ》する。

笹川先生を横目で見れば、机についてファイルを開き何かを記入していた。

その姿を無言で眺める。癖のある前髪。目にかかったそれが色っぽい。

「……ん？」

私の視線に気付いた笹川先生が目を向けてきた。

「笹川先生をいじる方法が思い付かなくて暇なので、校庭に戻って見学してていいですか？」

「寝てろって」と笹川先生は笑ってくれる。

「じゃあ教室で勉強しています」

「音恋ちゃん、まだ五分しか経ってないぞ？」

頬をヒクッとさせて苦笑する笹川先生は、腕時計を確認した。授業が終わるまで、あと二十分もある。

「ではここに勉強道具を持ってきますね、すぐ戻ります」

私はスリッパを履いて、保健室から出た。

十八話　不審な訪問者

ペタペタとスリッパを鳴らしながら、校庭から見えないルートを選んで教室に向かう。

その途中、中庭から一人の男性が校舎に入ってくるのを目にした。

庭園から取ってきたであろう一輪の白い薔薇を手にした華奢《きゃしゃ》な体形の男性。

やや幼く見える顔。少しボリュームのあるベージュ色の髪に、レンズの上だけ縁のない赤い眼鏡をかけている。私に気付いた男性は、スタスタとグレーのチェック柄ズボンを穿いた細い脚を私の方へ動かした。

私はなるべく自然に、手に持っていた箱を後ろに隠す。隠さなくても、人間の彼はこの箱の中の吸血鬼の血に気付くことはないでしょうが、念のため。

思わずそんな行動を取ってしまうくらい、私は彼の登場に驚いていた。

「赤いリボンの可愛らしいお嬢さん」

赤い縁眼鏡の奥で目を細めた彼は、明るく微笑《ほほえ》んだ。

「人生という道に迷ってしまいました。どうか僕と一緒に歩んで案内してくれませんか？」

歯の浮くような台詞《セリフ》を躊躇《ためら》いも恥じらいもなく笑顔で言い切り、白い薔薇を差し出してくる。

私は目の前の白い薔薇を数秒見つめた。

静まり返る廊下に、校庭で練習している生徒達の声が微《かす》かに届く。

「……すみません。もう一度言ってください」

「人生という道に迷ってしまいました。どうか僕と一緒に歩んで案内してくれませんか？　可愛らしいお嬢さん」

「すみません、もう一度」

「え、だから僕と一緒に人生という長い道を歩んでください」

「すみません、もう一度」

「あ、えっと……僕と一緒に人生という道を歩んでくださ……」

「もう一度言ってください」

「………道に迷いました、保健室はどこか、教えてください」

「初めからそう言えばいいんです」

「ごっごめんなさい……」

ヘコむまで聞き返せば、後ろによろめいた男性は、白い薔薇を持った手で胸を押さえた。涙目ですね。

彼の名前は後島光也《ごとうみつや》。私と同じほんの脇役キャラだ。笹川先生の愛弟子《まなでし》の一人。もう一人の愛弟子、現役最強のハンターとして名を馳《は》せる東間紫織の相棒だ。女性に気障《きざ》な台詞を並べる軟派な人だけれど、腕利きのスナイパー。

ゲームでは東間紫織とともに二学期になってから登場するキャラだ。この時期の登場はゲームでも描かれていないから驚いた。

一番驚いたのは——彼が二本足で歩いているという事実。

「保健室はこちらです。案内いたします」

「……お嬢さん、さっきから僕の脚を見てるね……さては僕に性的魅力を感じているんだね」

「あの、携帯電話持っていますか？　持っていたら貸してください」

照れたように頬を赤く染めた後島光也さんに、私は無表情に頼む。

「え？　あ、はい、どうぞ」

彼はすんなりとポケットから黒い折り畳み式の携帯電話を差し出してきたので受け取る。

「どこにかけるの？」

「警察です。貴方のことを通報するために」

「ごめんなさいぃぃいいいっ!!　もう言いません！　すみません！」

答えると飛び付くように後島さんは私の手から携帯電話を奪い返した。

「保健室はこちらです」

私は顔色を変えずに、保健室へと引き返す。

「体育やってるの？　外が騒がしい割に校舎の中は静かだね」

「体育祭の合同練習中です」

「そうなんだぁ。で、君はなんで校舎に？　授業をサボるような悪い子なのかな？」

「通報しますよ」

「僕は不審者じゃないよ！」

コミュニケーションを取ってくる彼を適当に相手しながら、もう一度チラッと脚を見る。

ゲームに登場してくる後島光也は車椅子だった。確か夏休みの間に、追っていた吸血鬼に両足をへし折られたと言っていた気がする。ゲームではその吸血鬼は、結局出てこなかったので次回作に回されたのではないかと噂されていた。

まだ夏休みになっていないから、彼は両足で歩いているということか。

「僕はね、学校関係者じゃないけれど、笹川先生に会いに来たんだ。彼の元教え子」

「ちゃんと事務室に寄ってから入らないといけませんよ」

「僕、庭園の向こうの壊れたフェンスから入ったんだ。あそこ、どうしたの？　公園までビニールシートかかってたけど」

妙なところから入ってきたならば、不審者です。

合同練習を始める前に、全校生徒の前で教頭先生がそのことを説明していた。車の事故があって、庭園から公園の通行は禁止だと。だから、それを答えた。

「ふーん……そうなんだぁ……」

後島さんは意味深な呟きを漏らす。私は振り返らず保健室へ歩む。この人に、ヴィンス先生と赤神先輩が暴れたなんて話せない。というより、頭の中で警報が鳴り響き、話してはいけないと直感する。

……何故でしょうか。

「ところで宮崎ちゃん」

「！」

いきなり名前を呼ばれて驚いて振り返る。きょとんとした彼は、笑って私の胸を指した。

私の体操着の右胸には、しっかり宮崎と書かれている。

私は……なにを、焦ってるのでしょうか。

「なんですか？　保健室はここですが」

「ありがとう。これお礼」

ドアを開けようとしたら、後島さんの手が私の頭に伸びてきて、ポニーテールをいじられる。

「うん、花も恥じらう可愛らしさだ。君の可愛さには白い薔薇でさえ霞《かす》んでしまうよ」

どうやら髪にさっきの薔薇を挿し込まれたみたいです。

無反応で私はドアを開いた。こちらを向いていた笹川先生は私達を見て、目を見開いたけれど口元に笑みを作る。

「光也じゃねぇか」

「やぁ、先生。びっくりした？」

「そりゃあ……一度も職場に会いに来なかった教え子が、急に現れたら驚くさ」

後島さんは笑って土足で保健室に入った。そういえば土足でしたね、彼。

「拗《す》ねないでくださいよ、僕達だって仕事があるんですから」

「紫織は？　紫織も来てるのか？」

椅子から腰を上げて、ドアに立つ私を見てから他に人がいないか確かめる笹川先生。

久しぶりに会う弟子《でし》が来たというのに、なんだか嬉しくなさそうな様子。

「実は獲物が日本に飛んだから追い掛けてきたんだけど、見失っちゃってさぁ。今紫織が探し回ってるところ。僕はこの近くまで来たので、久しぶりに仁師匠に会いに来ました」

獲物。はっきりとそのワードを口にする後島さんは、言い終わったところで、私の存在を思い出し笑いかけてきた。

「僕、警察みたいな仕事してるんだ。正義の味方！」

警察みたいな仕事ですか。

「……彼女を教室まで送ってくるから、光也はここから動くなよ」

「はいはぁい。宮崎ちゃん、ばいばぁい」

笹川先生が私を送ると言い出すので、手を振ってくる彼に一礼してから、保健室を後にする。

笹川先生と廊下を歩きながら、東間紫織を思い浮かべる。膝まで届きそうな紫色のストレートヘアーと、ジャケットにホットパンツというパワフルさを感じさせる服装で登場する女性。

「音恋ちゃん」

呼ばれたから見ると、白衣姿の笹川先生が少しぎこちない笑みを浮かべていた。

「光也になにか訊かれたか？」

「……公園と壊れたフェンスについて訊かれました」

「それだけか？」

「あとは……〝人生という道を案内しろ〟とかなんとか言っていましたが」

「まぁそれは聞き流せ」

後島さんから何を訊かれたかなんて、本人から直接聞き出せばいいのに。

私は首を傾《かし》げつつ、素直に答えた。

「本当にそれだけなんだな？」

「はい」

頷くと笹川先生は私の頭に手を伸ばす。いつものようにポンポンと頭を撫《な》でられるのかと思ったら、髪に挿された白い薔薇を引き抜かれた。

「お客様を待たせてもいいのですか？　送らなくとも私は大丈夫ですよ」

「ああ、いいんだ。アイツはすぐ帰るさ。俺は音恋ちゃんを教室に送る」

薔薇を胸ポケットにしまった笹川先生は私の背中を軽く押した。

久しぶりに会った弟子《でし》を放ったらかしでいいのですか。

「そうだ、禁煙。来週で禁煙一ヶ月になるぞ。ほら、吸ってないだろ」

そう言って、笹川先生は屈《かが》んで私との距離を詰めた。近付かなくとも、煙草の匂いがしないことはわかっている。

そうか。もう一ヶ月になるのですか。ヘビースモーカーだった笹川先生は、かなり頑張っているのでしょう。

すっごい笑顔です。

「……じゃあ、しゃがんでください」

「ん？　こうか？」

右手を手招くように振ってしゃがむようお願いすると、きょとんとしながら笹川先生は目の前でしゃがんでくれた。今持っているチョコをあげても、困るだろうからこれにしよう。

背の高い笹川先生は、しゃがんでも私の胸辺りに頭がある。

そんな彼の胸ポケットには白い薔薇が挿してあるから、まるで跪《ひざまず》いた王子様みたいでちょっと笑いそうになった。実際はヤンキー座りですけど。

「よくできました」

笹川先生がいつもやるように、私は右手で彼の頭をポンポンと跳ねるように撫でた。

頑張ったら褒めてあげる。私の身長では彼の頭に手が届かないのでしゃがんでもらったのだけれど、なんだかこれ馬鹿にしているようでしょうか。

そもそも大人の頭を撫でて褒めるというのは、間違いですかね。そっと、笹川先生の反応を見てみると、目を見開いたまま固まっていました。それから口元を隠すように片手で覆うと、その場に踞《うずくま》ってしまう。怒ったのでしょうか……

「どうしましたか？　笹川先生」

「……破壊、力が……」

「え？　なんですか？」

「いや、なんでもない……」

「？」

授業の終わりを知らせるチャイムが鳴り響くまで、笹川先生は動かなかった。

「あー……すまん、ご褒美をありがとう」

我に返ったように起き上がった笹川先生は苦笑しつつ礼を言う。

「……音恋ちゃんはいい子だな」

しゃがんだ笹川先生が、私を見つめながら突然そんなことを言うものだから、私は首を傾《かし》げる。

「悪い子ではないと自負しておりますが」

「そういうことじゃないんだけどなぁ。無自覚だな、ほんと」

顔をくしゃっとして笹川先生は笑って立ち上がると、私の頭に手をのせていつものようにぽんぽんと撫《な》でてくれた。

十九話　狩人

普段通り一切笑顔を見せなかった生徒、宮崎音恋を送り、保健室に戻った笹川仁は、パイプ椅子に座って待っていた弟子《でし》の後島光也に笑みを向けられた。

「可愛い子ですね、下の名前はなんて言うんですか？」

その興味が、いつも光也が女の子に向けるものと同じかどうか慎重に確認してから、仁は椅子に腰を下ろした。可愛い娘には、息をするみたいに気障《きざ》な言葉を並べ立てる光也の悪癖。どうやら今回の興味もそれのようだ。

「うちの生徒に手を出すな」

「自分だけズルいですよー、師匠」

「俺が生徒に手を出してるみたいな言い方をするな」

「違うんですかぁ？」

「違う」

仁にとって生徒との関係は噂でさえ命取りになる。相手の生徒の。雪女に好かれてしまったせいで、気軽に付き合うこともできない。否、たとえそうでなくとも、仁は生徒には手を出さない。

「世間話はこれぐらいにして。ヴィンセント・シルベルはいまだに庭園に足を運んできますか？　さっき薔薇を勝手に摘んだけど、怒りに現れませんでした」

やはりな、と仁は呆れた。仕事で近くまで来た、などというのは単なる建前で、目的はヴィンセントの情報収集。

にへらと笑みを浮かべているこの弟子のことはよく理解している。愛弟子二人は仕事人間だ。モンスターを狩ることこそ自らの存在理由と信じて疑わない二人。

先程音恋に〝正義の味方〟など言っていたが、この二人は人間を救うために有害なモンスターを狩るのではない。モンスターを狩ること自体が目的で、その結果として人間を救っているだけ。

〝正義の味方〟はこの学園の風紀委員にこそふさわしい言葉だ。そんな風紀委員は、この二人を敬遠している。育てた本人である仁ですらも、二人の行いは目に余る。

特に東間紫織の方は、ヴィンセントが絡むと見境がなくなるのだ。いい意味でも悪い意味でも、彼女のよき相棒である後島光也は彼女を止めるどころか喜んで協力する。

「たまに来ている」

「そうなんだぁ」

仁は平然と嘘をついた。ヴィンセントがこの学園の教員になったという情報は、決して渡してはならない。人間を憎んでいたヴィンセントが、教師になった理由を知られてはならない。

彼の弱点を、この二人に掴ませてはならないのだ。

「それぐらい電話で済ませられるだろうが。仕事しろ、仕事」

「一応仕事に関係してますよ。ほら、例の〝グール作ってる吸血鬼〟の件ですよ」

爆弾発言に仁は深く眉間にシワを寄せた。

グールとは最下級の吸血鬼のことだ。自我がなく、ただ血だけを求めて歩き回る、吸血鬼の血を体内に残して死んだ人間の成れの果て。かつては、自らの下僕として吸血鬼が多く作り出していたモンスターだ。けれどそれは昔の話。今では、己の血を人間に与える吸血鬼はほとんどいない。

だが現在も自分の血を与えてグールを作り出している吸血鬼がいる。三十年以上前からハンター達のターゲットになっているにもかかわらず、いまだ生き延びている吸血鬼がいることは仁も耳にしていた。

東間と後島は追跡できる距離までその吸血鬼に近付けたようだ。それはさすがと褒めてやりたい。長い時間を生き、ハンターを撒《ま》くことなど容易《たやす》くやってのける吸血鬼を追跡できているのだから。だが、しかし。

「日本にそんな奴がいるって時に、呑気に師匠に会いに来ている場合じゃないだろう」

普段生徒と気さくに話す時とは違い、仁は声を低めて怒りを露《あら》わにする。

こうして話している場合ではない。万が一、日本でグールを作られては、この学園や生徒達にも危険が及ぶ。

元最強のハンターの威厳。そんなものにはすっかり慣れた後島は、両手を上げて笑う。

「だから、ヴィンセント・シルベルに関係あるんですってばー。ヴィンセントはその吸血鬼と昔交友関係があったらしいんで、会いに来ていないかなぁと思いまして」

「最近、新たな吸血鬼の存在は報告されていない」

「じゃあ学園裏のあれはなに？」

後島の獲物である吸血鬼は来ていないと断言すると、素早く切り返してきた。薄い笑みを浮かべて細めた目でこちらを観察する弟子《でし》を、仁は静かに見据える。

「モンスターの生徒が夜遊びで羽目を外したんだ。怪我人は出ていない」

「へぇ、そうなんだぁ」

それは後島の口癖。素直に信じたかどうか疑わしい反応だ。

「竹丸達に警戒させておく。情報を掴んだら連絡するから電話に出ろよ、さぁ帰れ」

「えーもう？　京子ちゃんに会いたい」

「仕事しろ」

ここは早急に追い返すべきだ。後島が欲しがる情報などない。

ヴィンセントが本当にその吸血鬼と交友関係にあるならば、彼はきっとこの学園には近寄らせない。音恋に吸血鬼の血を与えている限り、その周りからは必ず危険を排除するだろう。

いや待て、と仁は考え直す。

「……おい。その吸血鬼は……何歳だ？」

「三百歳。力はヴィンセント・シルベルと同等……或《あ》いは上だと思います」

仁は顔をしかめて後島を睨《にら》み付ける。

シルベル家は吸血鬼の中でも高位の一族だ。高位であるほど、吸血鬼は強い。

そして強い吸血鬼ほど長生きをする。そして年を重ねるごとに強くなる。シルベル家のヴィンセントはまだ百歳に満たないが、日本にいる吸血鬼の中では一番強い。

――はずだったが、三百歳の吸血鬼が来たとなると話は別だ。

学園の裏で、赤神淳を痛めつけていたヴィンセントを抑えるのですら、自分達には一苦労だった。

逃げる赤神を、ヴィンセントが追うそのスピードは、人間の目では捕らえられないほどだった。

フランケンシュタインの城島は腕力では太刀打ちできても、吸血鬼のスピードには到底追いつけない。雪女の雪島が動きを止めるために凍らせたところで、数秒で打ち砕かれてしまう。

生粋《きっすい》のモンスターでも、敵わない純血の吸血鬼。そのヴィンセントよりも上かもしれない吸血鬼が学園に来るかもしれない？

そんな状況の中で呑気に笑っている後島を、仁は蹴り飛ばしたくなった。

「さっさとその吸血鬼を狩ってこい！」

「はいはい。あと師匠。これどうぞ。これ持たずによく眠れるねー、平和ボケしすぎでしょ」

「！」

腰を上げた後島は、ポケットから折り畳んだ布を取り出すと仁に差し出す。

ひょい、と軽く振ると上に被《かぶ》さっていた布が捲《めく》れて、中身が現れた。短剣にしては細いそれは十字架のような形をしていて、水晶のように透明感のある銀色をしている。唯一、吸血鬼を殺すことができるハンターの武器だ。

「……俺にはもう必要ない」

仁はそう答えるが、本当は迷っていた。

万が一の時ために、もう一度それを持つべきかもしれない。

「受け取ってください」

後島は仁の言葉を無視して、それを机の上に置いた。

「使い方はまだ忘れてはいないですよね？　それとも忘れちゃいました？　もう年ですもんね」

ゴツン！　と仁は後島の頭に拳《こぶし》を落とす。後島は久しぶりに味わった拳骨《げんこつ》に、頭を押さえて呻《うめ》いた。

「さっさと裏から帰れ。俺は勤務中で暇じゃないんだ。じゃあな」

これ以上構っていられないと、仁は後島を追い出そうと背中を押した。

「師匠」

よろけながらも扉に向かった後島は、ノブを手にかけて笑顔で振り返る。

仁にはわかった。無邪気などではない、笑う後島の瞳に狂気が浮かんでいる。

「それでうっかりヴィンセントを刺しても構いませんよ。きっと紫織も喜びます」

「……」

その言葉に仁は返答をしなかった。顔を歪めて睨み付けると、後藤は保健室を出ていく。

奥歯を噛み締めて、仁は舌打ちを堪《こら》えていた。

東間と後島の相性が良すぎる。二人は、ターゲットを追いながらも、あわよくばヴィンセントを狩るつもりなのだ。

人間に危害を加えていないヴィンセントにそんなことをすれば、吸血鬼達が黙っていない。下手《へた》をしたら戦争になる。

モンスターを憎み戦争を望むハンターは今も少なからずいる。東間と後島であれば〝望むところだ〟と言って笑うだろう。

だが、そんな簡単に戦争は起こせないし、手段を選ばないと言われる東間達も決して軽はずみなことはしない。一流の狩人は、獲物を確実に仕留めるために、あらゆる計算をして罠を張り巡らせ、獲物を追い詰める。

この学園には、ヴィンセントを狩る理由を作れる存在がいる。

ヴィンセントが寵愛《ちょうあい》し、体内に彼の血を取り込んでいるという最悪な条件が揃った女子生徒。

万が一、彼女が何らかの事件に巻き込まれて死ぬとすれば、彼女はグールに変わる。グールを作った吸血鬼は、無条件でハンターの狩る対象となる。

血の件がなくとも、三十年前の事件同様、純血の吸血鬼の隙を作るための囮《おとり》として利用されることも有り得るのだ。

絶対にその女子生徒の存在を知られてはならない。

それにはまず絶対に、ヴィンセントがこの学園の教員になっていることを知られてはならない。

だが、後島が本当はどこまで知ってここに現れたのかは、わからなかった。

仁は頭を掻きむしりたい衝動にかられたが、白衣のポケットに手を入れて堪《こら》えた。

机の上に置かれた武器を見つめながら、長い黒髪の小さな背中を思い浮かべて、仁はまた顔を歪める。

自分の頭を撫《な》でた彼女の掌はとても小さかった。白衣のポケットから手を出して、触れられた頭に重ねた。寵愛したくなるほどの魅力を持っているにもかかわらず、その魅力に無自覚な女子生徒。

ほんの少し苛立ちが鎮まった仁は笑みを零《こぼ》す。それから強く決心した。

彼女を、宮崎音恋を——守らなくては。

彼女のためにも、この学園のためにも。

†

神は、ほくそえむ。

「さぁ、君達は守れるかな？　そして、君は幸せになれるかな——恋ちゃん」

気まぐれに試練を与えて観賞する。

その先に求める幸せがあるのか、それを手にすることができるのか。

物語の登場人物達は、皆が神に試されている。

乙女ゲームの世界に転生!?
異色の学園ラブ・コメディ開幕!

「この世界は、ある乙女ゲームの世界なんだ」。ある日、従兄から告げられた衝撃の事実。なんと彼はこの乙女ゲーム世界に転生した人間で、そのうえゲームヒロインの攻略対象になっているというのだ！ ゲームのヒロインは愛川マリア。彼女は、詩織が入学する学園で次々にイケメン達をオトしていくことになっている。そんなヒロインとの恋愛を回避したい従兄から頼みこまれ、脇役・詩織が今立ち上がる！ が、なぜか詩織にも次々と恋愛イベントが発生しているようで——？

各定価：本体1200円+税　　Illustration：美夢

望月べに（もちづき べに）
埼玉県出身。吸血鬼とファンタジー好き。2010 年から web で小説を発表。2014 年「漆黒鴉学園」で出版デビューに至る。

イラスト：はたけみち

本書は、「小説家になろう」(http://syosetu.com/) に掲載されていたものを、
改稿のうえ書籍化したものです。

漆黒鴉学園 3（しっこくからすがくえん）

望月べに（もちづき べに）

2015年1月31日初版発行

編集－本山由美
編集長－塙綾子
発行者－梶本雄介
発行所－株式会社アルファポリス
〒150-6005東京都渋谷区恵比寿4-20-3恵比寿ガーデンプレイスタワー5階
TEL 03-6277-1601（営業） 03-6277-1602（編集）
URL http://www.alphapolis.co.jp/
発売元－株式会社星雲社
〒112-0012東京都文京区大塚3-21-10
TEL 03-3947-1021
装丁・本文イラスト－はたけみち
装丁デザイン－ansyyqdesign
印刷－大日本印刷株式会社

価格はカバーに表示されてあります。
落丁乱丁の場合はアルファポリスまでご連絡ください。
送料は小社負担でお取り替えします。

ISBN 978-4-434-20182-0 C0093